渋沢栄一　人生意気に感ず

〝士魂商才〟を貫いた明治経済界の巨人

童門冬二

PHP文庫

○本表紙図柄＝ロゼッタ・ストーン（大英博物館蔵）
○本表紙デザイン＋紋章＝上田晃郷

渋沢栄一　人生意気に感ず ❖ 目次

第一部

慶喜《よしのぶ》との再会

賤《しず》ケ丘《おか》を新地名に

　徳川最後の将軍慶喜《よしのぶ》が大政《たいせい》を奉還《ほうかん》したのちに、いろいろといきさつはあったが、とにかく維新が実現し、明治新政府がつくられた。旧将軍職を務めていた徳川家は、駿府《すんぷ》を中心に七十万石の土地を与えられた。徳川幕府の創設者家康が、一時期領地にしていた地域だ。が、形としては一大名になり下がったのである。徳川家は駿河府中藩《するがふちゆう》と称した。藩庁は駿府（静岡市）においた。

　駿府というのは駿河国の府中（国府の所在地）という意味だ。甲府が甲斐《かい》国の府中というのと同じ意味である。

　この駿府が、静岡と改称されるのは明治二年（一八六九）六月のことである。この年に、版籍奉還《はんせき》（版は土地、籍は人民）がおこなわれた。

　版籍奉還をしたときに、藩の学問所頭取を務める向山黄村《むこうやまこうそん》が、こんなことをいい出した。

「このまま府中藩といっているのはうまくない」

「なぜだ？」

　まわりの者がきく。向山は、

「府中は不忠に通ずる」

といった。いいながらニヤニヤ笑っている。冗談なのか本気なのかわからない。まわりでは、

「本気でそんなことを考えているのか？」

といぶかった。向山はうなずく。

「本気だ」

「では、どうすればいいのだ？」

「駿府城の周囲を賤ケ丘といっている。また、賤機山《しずはた》という山がある。そこで賤の字を取って、静岡と称したらどうだろう。政府のお覚えもめでたくなるぞ」

黄村というのはかれの漢詩人としての号で、隼人正《はやとのしょう》といった。旧幕時代には箱館奉行支配頭、外国奉行組頭、外国奉行などを歴任した。慶応《けいおう》三年（一八六七）の正月には駐仏全権公使としてフランスへ渡っている。パリでおこなわれた万国博覧会で、徳川幕府の権威を示そうと努力した。このとき薩摩《さつま》藩が、独自な立場で堂々と丸に十の字の藩の旗を掲げ、まるで独立国のようにふるまっていた。これをみた向山は、

「けしからん。われわれの指揮下にはいれ」

と怒った。外国人が、

「日本には政府がふたつあるのか」

といぶかっていたからだ。しかし、向山の抗議は結局はイヌの遠吠えに終わった。薩摩藩はすでに討幕の気持ちを固めていたから、向山の抗議など歯牙《しが》にもかけなかった。いまでいえば、「地方分権」を完全に実現し、「自前の財源調達」をみごとにおこなっていたからだ。とにかくカネがあると発言にも自信がわく。

向山黄村の提言によって駿府は静岡と地名変更した。

その静岡の一角に、宝台院《ほうだいいん》という寺があった。永正《えいしょう》三年（一五〇六）に、観誉祐《かんよゆう》崇《そう》上人が柚木《ゆぎ》に寺をひらき竜泉寺《りゅうせんじ》と号した。寺はのちに紺屋《こうや》町に移された。そして天正《てんしょう》十七年（一五八九）、徳川家康の愛妾《あいしょう》だった西郷局《さいごうのつぼね》が死ぬと、竜泉寺にほうむった。西郷局は二代将軍徳川秀忠《ひでただ》の生母である。

西郷局は於愛《おあい》といって、伊賀《いが》者の服部平太夫《はっとりへいだゆう》の娘だった。西郷義勝《よしかつ》に嫁したが、亭主は元亀《げんき》二年（一五七一）に死んでしまった。そこで兄の家に戻っていたのである。家康が於愛を見初《みそ》め、城に連れて帰って側室にした。やがて秀忠を産んだ。

しかし於愛は秀忠が将軍になるのを見届けずに死んだ。

家康は於愛を駿府の竜泉寺にほうむった後、寺名を宝台院と変えた。西郷局の贈《おくり》名《な》が宝台院殿だったからである。

寺は昭和十五年（一九四〇）の静岡大火と昭和二十年（一九四五）の米軍による空

襲で建造物のほとんどが焼けた。本尊の阿弥陀如来立像《あみだにょらい》だけが残った。浄土宗《じょうどしゅう》の寺である。

宝台院

渋沢栄一《しぶさわえいいち》が宝台院を訪ねた明治元年（一八六八）の暮ちかくは、寺はまだかなり大きかった。敷地も広い。

その寺の一室で栄一は部屋の中をしげしげとみまわしていた。心の中で、

（相当に傷《いた》んでいる）

と思った。畳は赤茶けてかなり長い間取り替えた形跡はない。毛羽《けば》立っている。

（上《うえ》さま〈慶喜のこと〉は、このようなところでお過ごしになっておられるのか）

と思うと胸が痛んだ。心ならずも朝敵の汚名をきてしまった前将軍徳川慶喜は、この宝台院で謹慎していた。

フランスから帰ったばかりの渋沢栄一は、旧主に会いにやってきたのである。かれは徳川慶喜の身のふり方と今後の暮らしについて自分のことのように心配していた。

渋沢栄一は武蔵《むさし》国深谷《ふかや》の血洗島《ちあらいじま》（埼玉県）の豪農の息子で生家も健在だったか

ら、幕府が潰《つぶ》れても戻る家は残っている。農民の子が武士に出世したというので、生家はもちろんのこと近隣の人びとも栄一には好意的な目を向けていた。賊軍だなどとはいわない。なにもせずに黙って過ごす気なら血洗島の実家に戻ればいい。ほかの失業武士とはちがって、

「おれには戻る家があるのだ」

といえた。

そこへいくと旧主の慶喜公はお気の毒だ。戻る家もなくこの駿府に居《い》候《そうろう》同然の生活をしている。

仔細《しさい》は最初この駿府にやってきた日に訪ねた大久保《おおくぼ》一翁《いちおう》からきいた。

大久保一翁は名を忠寛《ただひろ》といい旗本の家に生まれた。十一代将軍家斉《いえなり》、十二代将軍家慶《いえよし》、十三代将軍家定《いえさだ》の三代にわたって小姓を務め続けた。珍しい経歴である。やがてペリーが日本に開港を迫ったときに、開明的な老中筆頭阿部《あべ》正弘《まさひろ》に見出されて新しく設けられた海防掛《がかり》の目付になった。海防掛というのはいまの外務省だ。その後、これも阿部が設けた蕃所調所《ばんしょしらべしょ》の頭取を命ぜられ、やがて長崎奉行、駿府町奉行、禁裏付《きんりづき》、京都町奉行、西丸留守居、外国奉行、十四代将軍家茂《いえもち》の側御用《そばごよう》取次などを歴任したのちに、硬骨漢で自説にこだわりすぎたため閑職に追われて隠居し、一翁と号した。

大政奉還後、王政復古がおこなわれると新政府軍との和平交渉に臨むため、会計総裁兼若年寄として勝海舟《かつかいしゅう》とともに幕府の終戦処理をおこなった。

徳川家が駿府に領地を与えられるとここに移って中老職（実質的な最高職）に就任し、新しい藩の仕事をきりもりしていた。

かれはひじょうに頭が鋭く、文久《ぶんきゅう》年間（一八六一～一八六四）に京都朝廷が徳川幕府に、

「攘夷《じょうい》期限を示せ」

と迫ったときに大久保はすでに、

「この際将軍は思いきって大政を奉還し、攘夷を朝廷によって実行してもらったらいかがですか」

と、一種の尻まくり論を展開している。しかし当時は誰も本気にしなかった。

「ばかなことをいうな」

と寄ってたかって大久保の大政奉還論は潰されてしまった。

四年後に実際に慶喜が大政奉還をしたとき、このことを覚えていた幕府の連中が、

「大久保さんのいったとおりになったな。あんたは先見《せんけん》の明《めい》があるね」

といったが、大久保は渋い顔をして首を横に振った。そして、

「あのときおれが考えた大政奉還はこれとは違う」といった。大久保にすれば、「京都朝廷は尊攘派志士たちの尻馬に乗って攘夷攘夷というが、ほんとうにいまの日本の国力で外国と戦う力があるのかどうか全然わかっていない。そんなに幕府に攘夷を迫るのならば、自分でやってみたらどうだ」

という反抗的な気持ちがあったのである。慶喜がおこなった大政奉還が、

「前のおれの考えとは違う」

といったのは、慶応三年（一八六七）十月十四日に慶喜がおこなった奉還のときには慶喜に別な思惑があったからだ。

訪ねてきた渋沢栄一を大久保一翁は温かく迎えた。というのは、かれ自身が中老職として駿府藩（駿河府中藩）のきりもりをおこなっていくうえで、もっとも頭を悩ませていたのが財政問題だったからである。

渋沢栄一はもともとは徳川慶喜がまだ一橋《ひとつばし》慶喜といっていた時代に召し抱えられた家臣だった。そのころはまだ過激な攘夷論を唱《とな》えていた。それが一橋家の家臣になったのだから面白い。しかし、渋沢は財政の知識と技術に秀《ひい》でていて、一橋家の家計をきりもりした。その力量の見事さはかなり有名だった。

「さすが豪農の子は違う」

といわれた。

京都に長くいた大久保はそのころから渋沢の名を知っていた。そこで渋沢が駿府へきたことを知ると、大久保の胸の中には、

（渋沢を引きとめて藩の経理を任せたい）

という思いがあった。

いきどころを失った旧幕臣たちが家族ぐるみで次々とこの土地にやってくる。しかし六百万石とも八百万石ともいわれた徳川家の収入がいきなり十分の一近い七十万石に減らされてしまったのだから、どうにもならない。だからといって、

「おまえたちを養う金はない。どこかへいけ」

などという非情なことは大久保にはいえない。かれは、

「どんなに苦労しようと、集まってくる幕臣たちの生活を保障しなければならない」

と律義に考えていた。しかし律義者だけに資金を調達する能力はまったく欠けていた。

「弱った」

そういうつぶやきがいまの大久保の日常だった。そこへ理財の大家渋沢栄一がやってきた。大久保が喜んだのも当然だ。

「こちらに私の旧主人慶喜さまがおいでだと伺《うかが》いました」

栄一はそう切り出した。大久保はうなずいた。

「おいでになる」

「どちらにおいででしょうか？」

「市中に宝台院という寺がある。そこに謹慎しておいでだ」

「慶喜さまは、どのようなお暮らしの立て方をなさっておいででしょうか？」

次々と要点をついてくる栄一の質問に大久保はたじたじとなった。が、率直にこう答えた。

「当藩の居候であらせられる」

「居候？」

大久保の歯に衣着《きぬ》せぬいい方に栄一はびっくりして目をみはった。

「そうだ」

大久保はうなずく。

「またどうして？」

栄一はいぶかしげな視線を大久保に投げつける。

慶喜に対するふたつの疑問

じつをいえば栄一はフランスから戻って以来、いったん生家のある血洗島に戻った。しかしすぐ東京に出てきた。情報を集めて大政奉還から王政復古、そして鳥羽《とば》伏見《ふしみ》の戦い、慶喜の大坂城からの脱出、江戸無血開城などのあわただしい歴史の動きを知った。

が、もっとも気にかかるのが旧主慶喜の身の上だ。慶喜は、

『徹底恭順』

を守り抜き、江戸城を出たあと上野の寺に籠った。やがて水戸にいき、ここでも謹慎生活を続けた。そして徳川家の処分が決定すると、新しい領地である駿府に移ってきて宝台院で謹慎をはじめた。ふつうなら、

「そのまま水戸にいればいいのに、なぜわざわざ駿府に？」

と思う。慶喜は駿府に身をおくことによって、ふたつのことをおこなおうとしていた。ひとつは、駿府に集まった旧幕臣の怒りや恨みを一身にうけとめようとすることであり、もうひとつは不穏なうごきをする旧幕臣を鎮《しず》めようとすることだ。

栄一はいままできき込んだ情報が断片的であり系統的ではないことと、同時にまた伝える人間のいろいろな思惑や悲憤の情などがまじり、きちんと整理されていないと感じた。

それを大久保にきけば、点と点が線となり、やがては面となって全貌がわかると

思ったので、知っていることも口には出さずに改めて大久保からききただしたのである。

「上さまが大坂からお戻りになった後、江戸城内ではあくまでも薩長と戦うべきか、それとも恭順の意を表して江戸城を開くべきか論議が大きく分かれた。しかし上さまがあくまでも恭順のご姿勢をお貫きになっておられるので開城に決定した。このとき、その交渉を任されたのがおれと勝海舟だ。勝は薩摩の西郷吉之助《さいごうきちのすけ》と昵懇《じっこん》だったので大いに役立った。が、徳川家処分については新政府内部でもずいぶん論議があったようだ」

「と申しますと?」

「領地の問題は簡単に片付いたが、問題は上さまのお扱いだ。新政府内部には上さまに腹を切らせろという意見がかなりあった。それを勝が西郷に交渉して助命にまでこぎつけたのだ。あのときはヒヤヒヤしたよ」

「たいへんでございましたな。上さまも命びろいをなさったわけでございますね」

「そうだ」

大久保はうなずいた。そして話を続けた。

「徳川宗家《そうけ》の相続人は田安亀之助《たやすかめのすけ》さまに決まった」

「田安亀之助さま?」

ききかえした栄一は、

「でも亀之助さまはまだ六歳か七歳のご幼年でいらっしゃいましょう」

そういった。

「そうだ。しかしいずれにしても新政府の徳川家処分では徳川家の相続人を誰にするか、領地をどこにして知行《ちぎょう》をいくら与えるか、そして慶喜さまをどう扱うかの三つが重要な問題だった。領地については駿河《するが》（静岡県東部）、遠江《とおとうみ》（静岡県西部）、三河《みかわ》（愛知県東部）で七十万石ということに決定した」

「駿河、遠江、三河といえば、神君《しんくん》家康公がかつてお治めになっていた領地と同じでございますね？」

「そのとおりだ。渋沢くん」

そういって突然大久保は笑い出した。栄一はいぶかしげな表情になった。眼で、

「どうしました？」

ときいた。大久保はさらに笑いの声を高めながらこういった。

「じつをいえばな、文久年間におれが思いきって大政など朝廷に返してしまえ、といったときに、いま徳川家が与えられた駿河、三河、遠江の三国を領有する一大名に戻ればいい、といったことがあるのだよ」

「へえ」

栄一は嘆声をあげた。

「そんなことをおっしゃったことがあるのですか。なんとも先見の明にすぐれておいでですな」

「違う。あのときはあてずっぽうにいっただけだ。それがほんとうになってしまった。申し訳ないことだ」

誠実な大久保は本気でそう思っているらしく渋い表情をした。

田安亀之助は徳川宗家を相続すると家達《いえさと》と名を変え、慶応四年（一八六八）八月九日に東京を発《た》った。七月十七日に、江戸は東京と改称していた。

『東の京』

という意味である。そして栄一が駿府を訪ねたこの年十二月にはすでに政府は、元号も『明治』と変えていた。

「大久保さまに折り入って伺いたいことがあるのですが」

栄一はきり出した。

「なんだ？」

「上さまはなぜ大政を奉還なさったのでしょうか？」

パリにいたとき、栄一は大政奉還の報をきいた。驚いた。一瞬、

「なんというばかなことを！」

と腹が立った。追っかけ王政復古の大号令の発布と、やがて鳥羽伏見の戦いの報が入ってきた。これにも驚いた。

「上さまは一万五千人もの幕軍が出陣するのを、黙って見ておいでだったのか？　それとも承知のうえで軍をお出しになったのか？」

と疑った。

「帰国後は絶対にこのふたつの事件の真相をききただささなければならない」

と心を決めた。

当時栄一は、慶喜の弟徳川昭武《あきたけ》の供としてパリに滞在していた。昭武は、日本国の代表としてパリ万国博覧会に出席した。が、将軍職についていた兄の慶喜から、

「せっかくフランスにいったのだから、博覧会がすんだ後も滞在して大いに外国学の勉強をしたほうがよい」

といわれていた。兄の慶喜にすれば、

「混沌きわまりない政情下にあるいまの日本に戻ってきても、昭武はかわいそうだ」

と兄らしい心配りをしたのである。そして渋沢栄一にも、

「そのまま昭武の面倒をみるように」

と告げた。というのは理由がふたつあった。ひとつはもちろん栄一が理財の才に

長《た》けているので、滞在中の昭武の会計の面倒をみて欲しいということだ。もうひとつは昭武の周囲に数人の供がいた。すべて水戸藩から派遣されていた。この供が揃って過激な攘夷論者だった。かれらの考えは面白く、

「昭武さまは攘夷の総本山水戸徳川家の御曹司《おんぞうし》だ。水戸家の攘夷論は世界的に有名だから、外国人の中には不当な暴力をふるう者がいるかもしれない。そのときはおれたちが死を賭《と》して昭武さまをお守りするのだ」

といっていた。渋沢栄一は腹の中で、

(ばかばかしい。外国人がそんなことをするものか。おまえたちとはちがう)

と思ったが口には出さない。しかし慶喜が栄一を昭武の供に選んだのは、

「渋沢はかつて過激な攘夷論者だったから攘夷派のうけもよかろう」

ということだったから、栄一のように単純にはキメつけられなかった。このへんの慶喜の人の見方と人事への配慮はなかなか味がある。子供のときから苦労してきたから、当時三十一歳という若さにしては変化球といっていいほどの人の配置だ。

期待に応えて栄一はパリでは昭武の面倒をよくみた。預かった経費を株に投資したり、資金運用をして絶対に減らさないようにした。反対に増やした。

ふつうなら、旅費が足りなくなって本国に、

「至急金送れ」

と頼むところだが栄一は逆だった。昭武や供の滞在費が不足するどころではなく、毎日のように利子がころがりこんできた。他の武士たちは呆《あき》れた。

「まったくおまえは金儲けがうまいな」

と嫌みをいった。かれらにはまだ、

『武士は食わねど高楊枝《たかようじ》』

という理財を卑《いや》しむような考えがあったからである。しかしそんな蔑視は、渋沢栄一にとっては昔からのことで屁《へ》とも思わない。

（一文の金を大事にしないやつはやがて一文の金に泣くのだ）

と平然としていた。

栄一にたずねられた、慶喜がなぜ大政奉還をしたのか、そしてなぜ一万五千もの幕軍を大坂城から出兵させたのかについては、大久保にもまだよくわからないところがある。伝えきいたところによると、

「大政奉還をしたときの慶喜公にはある思惑があった」

といわれている。一言でいえば、

「大政を奉還しても、二百六十年間政治の場から遠ざけられていた朝廷には政治をおこなう能力がない。結局は返上された政権をもてあまして混乱するのが関の山だ。そうなれば朝廷はもう一度前将軍の慶喜に政務をおこなって欲しい、と申し出

るにちがいない」

という腹づもりだったといわれている。

この慶喜の思惑はもっと理論立てられたものだということをきいた。

大政奉還の裏に大きな企《くわだ》て

渋沢栄一の質問に対して大久保はそのことを話そうと思った。というのは、かれは栄一に駿河府中藩の財政を担当してもらおうと思っていたからだ。そのため知っていることはすべて正直に話そうと考えた。大久保はいった。

「上さまが大政奉還なさったときには、徳川幕府の改善案をお持ちだったのだ」

「徳川幕府の改善案と申しますと？」

「あのころ上さまにはいろいろな側近がいた。その中に西周《にしあまね》という男がいたのをおぼえているだろう？」

「存じております。西はたしか石見国《いわみ》津和野《つわの》藩の医者の息子で、蕃所調所の先生をしておりました。榎本武揚《えのもとたけあき》殿たちと一緒にオランダに渡り、海軍の術を学ばずにライデン大学で政治や法律の学問を勉強した男です。戻ってきたのち、上さまにお仕《つか》えし、あのころから思想だとか心理だとか難しいことばかり申しておりました」

「そうだ」

うなずいた大久保はこういった。

「その西周が上さまに対し、今後徳川幕府は次のように改革すべきだ、という意見書を出したのだ」

「西が？　どのような改革案でしたか？」

「一言ではいえないが、西欧の議会制や郡県制を取り入れようという案だった。上院と下院という議会を置いて、上院は大名を議員にし下院は大名の家臣や幕臣の優秀な者を充《あ》てる。そして全国の藩を廃止して郡県を置く。これをまとめるために公政府を置くというような案だ」

「ほう」

パリで実際にヨーロッパの郡県制を目《ま》のあたりにしてきている渋沢栄一は目を輝かせた。西がそんなことを考えていたのかと改めて驚いたからである。

「問題は、上院、下院の議長、並びに公政府の首長を誰にするかということだ。西はそれを〝大君《たいくん》〟と称して上さまにご就任いただくつもりだったのだ」

「！」

栄一は驚いた。突飛《とっぴ》な構想だ。しかし理に適《かな》っている。また栄一がヨーロッパで見てきた先進国の制度にぴったり重なっている。おそらくオランダで学んでいたと

きに、西は、

「徳川幕府はいまの形ではだめだ。西欧流に改めるべきだ」

と考え、諸国からいろいろな制度を取り入れようとしたのだ。そしてそれを、

『日本政府の改造案』

として慶喜に提出し、

「その統括者にあなたがおなりなさい」

と勧めたのである。

（そうか）

栄一は気がついた。そこで大久保にいった。

「上さまは、その案を懐《ふところ》に抱いて大政を奉還なさったということですか？」

「そうだ。もっとも思惑は大きくはずれたがな」

大久保は笑った。

「思惑がはずれたのには理由がある。上さまは大きな見落としをなさっておられた」

「見落としとは？」

「西郷、大久保、桂《かつら》、伊藤、品川、山県《やまがた》などの薩長の下級武士の存在を見落としたことだ」

「ははあ」

栄一は考えた。大久保は鋭い。そういわれれば慶喜がいつも気にし凝視していたのは、大名や公家などといういわば社会の上層階級ばかりだった。たしかに下級武士の存在を見落としていた。かれらが、大政を奉還すれば、あわよくばもう一度政権が自分の手に戻ってくる、と目論《もくろ》んだ慶喜の野望を見ぬいて、その上をいく王政復古を実現したのにはそれなりの激しい政体改革の情熱があった。事実、かれらはそれぞれの藩で血で血を洗うような改革を経験してきていた。またかれらには現在でいう鋭い国際感覚があった。つまり世界の流れの中で、日本はどうあるべきかということをきちんと考えていた。

もちろん慶喜にも国際感覚はあった。だからこそかれはフランスと手を結び、徳川幕府の改良を考え、

「世界の列強に伍《ご》していけるような政府をつくりたい」

と考えていたのである。が、その目論見は西南雄藩の下級武士たちに足をすくわれた。下級武士たちが頼みとしたのは自藩の藩主をはじめ日本の大名たちではない。岩倉具視《いわくらともみ》という下級公家である。その上に存在する天皇である。この変革の力が日本の地軸をゆるがした。

大久保一翁はそのへんをきちんとみきわめていた。しかしその大久保にしても、

急速度で崩壊現象を起こしていた幕府の頽勢《たいせい》を食いとめることはできなかった。幕府は坂をころげ落ちる樽《たる》のように急降下した。そしてバラバラに解体してしまった。

水戸から呼ばれている栄一

渋沢栄一は大久保の話をきけばきくほど、かつてパリで腹を立てたふたつの事柄が、いよいよ胸の中で熱く燃えるのをおぼえた。ふたつの事柄というのはいうまでもなく、

「上さまはなぜ大政奉還などという暴挙をなさったのか」

ということと、

「さらに輪をかけるように一万五千の幕軍を出兵させたのか」

ということである。再度このことに触れると大久保は苦笑した。そして、

「それは直接上さまにお伺いしてくれ」

と逃げた。栄一はきいた。

「その上さまですが、いまご生活の資金はどうなさっているのでしょうか」

「それが問題だ」

大久保は眉を寄せた。

「いま話したように、徳川宗家は駿河府中藩として七十万石の領地を貰ったが、ぞくぞくとここにやってくる旧幕臣たちの生活の面倒をみるので手いっぱいだ。藩主の家達さまはなんといってもまだ六歳の若さであらせられる。ご相談申し上げるのもお気の毒なくらいだ。それに、駿府にやってくる幕臣たちの上さまに対する感情はひじょうに険《けわ》しい。きみがいうようになぜ大政を奉還なさったのか、一万五千の幕軍を出兵されたのか、そして江戸を無血開城なさったのかなど、いってみれば徳川幕府を滅してしまった張本人は上さまだという考えに満ちている。そうなると、その上さまに多大な費用をさし上げるのがはばかられる。上さまはいまお手許金《てもときん》をわたしにお預けになって細々とお暮らしだ」

「そんな！」

あまりのことに栄一は声を立てた。そしてハッと気がついた。大久保が、

「上さまは居候であらせられる」

ということばの真意がわかった。大久保は冗談を告げたのではない。カネに困っている慶喜の実態を話したのだ。栄一は、

「おいたわしい」

思わずことばをほとばしらせた。大久保はうなずいた。

「そうだ、おいたわしい限りだ。家達さまの脇にいる旧幕臣たちも、上さまに対する感情はよくない。したがって上さまが駿府においでになることに対してさえ、いろいろと文句をいっている。なぜ水戸にそのままおいでにならないのだ、などとはっきりいう者もいる。上さまは俗なことばでいえば完全な居候であらせられる」

　大久保はまた居候ということばを使った。

「……」

　栄一はことばを失った。慶喜の悲境が自分のことのようにしのばれた。大久保がいった。

「渋沢くん、じつは頼みがあるのだ」

「なんでしょう?」

「どうだろう、上さまのお身のまわりのことも含めてこの藩の財政を担当してはもらえまいか」

「藩の財政を?」

　ききかえして栄一はすぐ大久保のことばの意味を知り激しく首を振った。

「それはできません」

「なぜだね?」

「私は、いま水戸の昭武さまからお呼び出しを受けているのです。上さまにお目にかかり、昭武さまへのご伝言を承《うけたまわ》ったらすぐに水戸へ参ります」

「水戸へ？」

「はい」

嘘をついたわけではない。事実だった。栄一は急に水戸藩主になった昭武から、

「水戸が混乱状態になっていて弱っている。すぐきてわたしを助けて欲しい」

という悲痛な願いを書き綴《つづ》った手紙を受け取っていた。いまの昭武はパリで世話になった渋沢栄一にすっかり頼りきっていた。

「それは弱ったな」

大久保は腕を組んでじっと栄一を凝視した。その大久保を栄一もしっかりと見返した。目の底に、テコでもうごかないはげしい意志が燃えていた。

徳川昭武へのいれこみ

兄の慶喜が徳川最後の将軍となったのと同じように、弟の昭武は水戸徳川家最後の藩主になった。

兄弟の父であった斉昭《なりあき》は子沢山《こだくさん》で男二十二人、女十五人の合計三十七人の子を産ませた。男の子の名前のつけ方が面白く、長男にはさすがに鶴千代《つるちよ》と名づけたが、

次男からは二郎麿《じろまろ》、三郎麿《さぶろまろ》というように順を追って『郎麿』と名づけた。これが十《じゅう》郎麿《ろまろ》まで続き、十一番目は余一麿《よいちまろ》となり、余九麿《よくまろ》（十九男）まで続く。まだ終わらないので、その後は廿麿《はたちまろ》、廿一麿《はたいちまろ》とつけ、廿二麿《はたにまろ》までいってついに終わった。

しかし、二十二人の男の子の中には早死にした者もいるし、また他大名家に養子にいった者もいた。慶喜は七番目の男の子だったから幼名は七郎麿《しちろまろ》と呼ばれていた。弟の昭武の幼名は余八麿《よはちまろ》である。つまりかれは十八番目の男の子になる。兄の慶喜が天保《てんぽう》八年（一八三七）の生まれであるのに対し、昭武は嘉永《かえい》六年（一八五三）に生まれた。十六歳の開きがある。昭武は同族である御三卿《ごさんきょう》の清水《しみず》家の養子になった。が、パリに留学中の明治元年（一八六八）に第十代目の水戸藩主であった兄の慶篤《よしあつ》の病状が悪化したので、

「末期《まつご》養子」

になった。そのため、急いでパリから日本に戻ってきたのである。脇にいて昭武の面倒をみていた渋沢栄一にすれば残念なことだった。かれはすでに新聞などで日本の政変を知っていた。このころのかれは徳川慶喜に腹を立てていた。

「なぜ大政奉還などなさったのか？」

ということに加え、

「鳥羽伏見になぜ無謀な出兵などなさったのか？」

ということがどうも理解できなかった。目の前に慶喜がいればとっちめてやる気でいた。その反発もあってか、

「留学を打ち切り帰国されたい」

という新政府からの通知も無視した。財テクの能力に長けていたので、日本から送られてくる留学費をやりくりし、フランスの国債や株などを買ってある程度利《り》を得ていた。かれは計算上、

「日本からの送金がまったく途絶《とだ》えても、五、六年ぐらいは昭武さまの経費は大丈夫だ」

と目算を立てていた。いままでいうリストラの名人で、パリにやってきたころ昭武には十人前後の従者がいたが、栄一はこれを巧みに帰国させ、五人に減らしてしまった。

かれ自身もけっして贅沢な生活はせず自分の給料も倹約し、できるだけ昭武の留学が実《じつ》のあるような仕向け方をしていた。

昭武は誠心誠意自分に尽くしてくれる渋沢栄一を信頼し、栄一の年齢が兄慶喜にほぼ近かったので兄のように慕《した》っていた。まだ数え十六歳だから無理はない。栄一は明治元年現在、二十九歳だった。

昭武から慕われると栄一のほうも情が動いて、ふつうの主人に仕えるのとは違った感情がわいた。

(この貴公子を最後まで守り抜かなければならない)

という、自分でも不思議なくらいの忠誠心がわいた。このへんは栄一のいいところで、

「人生意気に感ず」

という日本人気質にみちみちていた。

栄一はもともとは攘夷討幕論者である。深谷(埼玉県)の血洗島の豪農の息子だったころ、かれは父親が出してくれる潤沢な資金を元に、当時流行の志士活動を積極的におこなった。横浜の外国人居留地の焼き討ちや、高崎城乗っ取りまで計画したことがある。いつもいとこの渋沢喜作《きさく》が一緒だった。

これがバレて幕府の役人に追われていた栄一と喜作は、その非を一橋家の用人だった平岡円四郎《ひらおかえんしろう》に諭《さと》され、京都の一橋家の屋敷に入って家来になった。

喜作は徳川幕府が崩壊したときは、成一郎《せいいちろう》となのり、上野で旧幕臣が編制した彰《しょう》義隊《ぎたい》の頭取となって戦ったが敗れた。やがて振武《しんぶ》軍を編制しその頭取となって関東地方を転戦したが、戦いに利あらず、箱館《はこだて》に走って榎本武揚の下でまだ新政府軍に対する抗戦の意気を上げているという。

（無事だといいが）

帰国した栄一はまず喜作の安否を案じた。そして、

（お互いに妙なことになった）

と、現在おかれた状況を思った。ともに、

『攘夷討幕論』

を理想とし、そのために生命《いのち》を捨てる覚悟で走りまわっていたふたりが、ともに徳川幕府のために戦っているという状況がおかしかったのである。

なぜ慶喜は大政奉還などという暴挙を？

そういう関係で、渋沢栄一は新政府内の旧攘夷討幕論者たちをかなり知っていた。たとえば新政府の高官に立身している薩摩藩の西郷隆盛《たかもり》なども旧知の仲である。

西郷からはあるとき、

「徳川幕府はいったん解体して、譜代《ふだい》大名だけではなく外様《とざま》大名で実力のある大名を入閣させて新しく編成し直すべきだ」

というような意見もきいたことがある。

そのとき西郷は入閣させるべき大名の例として、

「薩摩藩、長州藩、肥前《ひぜん》藩、土佐藩などが適当でしょう」

といった。いまの新政府を構成しているのはまさしく西郷がいった、

『薩長土肥』

の四藩だ。そのためぼつぼつ〝藩閥〟ができはじめた。各藩の出身者は競って自分たちが主導権をにぎろうとしている。

それはともかくパリにいた渋沢栄一が新政府からの通知を黙殺したのは、

「新政府の中には知人がたくさんいる」

という、いわば高《たか》をくくるというか甘えがあったことは確かだ。もうひとつは、

「新政府も国内の整備に忙しくて、とうていパリの昭武さまの留学をやめさせるような干渉はすまい」

という読みもあった。いわばどさくさ紛れに留学を続けてしまおうという魂胆《こんたん》だった。攘夷討幕派であった栄一がたとえ日本に帰ったとしても、新政府側で、

「渋沢くん、待っていたよ」

といって、座り心地のいいポストを用意してくれるとは思えなかった。むしろ、

「新政府内に入った連中は、より上位のポストを得ようと馬のように競い合っているに違いない」

と思えた。そんなわずらわしい俗事に振りまわされるよりは、ここで気持ちのきれいな貴公子である徳川昭武の世話をしていたほうがよほどいい。それにかれはパリにいるうちに、ヨーロッパ諸国の経済運営についていろいろと学ぶことが多かった。また政治制度として中央政府と地方自治体の関係を示す『郡県制度』にも学ぶところが多かった。

そういうことを知れば知るほど、いまさらいってもしかたがないことだが、

「これらの制度をもっと早くから徳川幕府が取り入れていたら、幕府の命脈ももっと延びたろうに」

と思えた。そして、

「自分が京都で慶喜さまの脇にいたときに、こういう知識があったらもっと強力な意見具申をしていたはずだ」

とも思った。そうなれば、場合によっては大政奉還もなければ鳥羽伏見の戦いもなく、日本の政体変革がおこなわれていたかもしれない。日本国民同士が血を流しあう内戦を経験せずに、平和な話し合いによって、それこそ西郷隆盛がいっていたような、

「譜代大名と外様大名による挙国一致政権」

が実現していたことだろう。

そんなことを思うと無性《むしょう》に腹が立ってくる。日本は遠い海の彼方なのでその腹立ちはさらに倍加された。その立腹がバネになって、逆にパリにいる昭武の世話をまめまめしくやく結果になった。

昭武が水戸藩主に

渋沢栄一のおもわくにもかかわらず、徳川昭武が突然帰国したのは、新政府側の強い要望によったわけではない。昭武の生家に問題が起こったからだ。十代藩主慶篤が病気がちで、ついに治癒不可能の判断を医者に下された。そこで慌てた水戸城内では、

「昭武さまに至急ご養子をお願いし、藩主になっていただこう」

ということになったのである。願いの趣《おもむき》が急使でパリにもたらされた。

「篤太夫《とくだゆう》、どうしよう」

栄一はそのころ篤太夫と呼ばれていた。このころの栄一の身分はれっきとした幕臣である。一橋家の家臣であったのが、主人の慶喜が将軍になることによって一橋家に仕えていた家臣のほとんどが徳川幕府の役人に身分を変えたのだ。

「帰国せざるをえませんな」

栄一はそう応じた。しかし胸の中にはわだかまりがあって釈然とはしない。しかし、

「水戸徳川家の危機なのだから」

といわれては強引に、

「そんなことは無視なさい」

とはいえなかった。

こうして昭武は一年数カ月に亘《わた》るパリ留学を打ち切り、日本に戻ってきた。江戸からすぐ水戸にいき藩主就任の手続きを取った。兄の慶篤はこの年（明治元年、一八六八）四月五日に死んだ。まだ三十七歳だった。

しかし第十一代藩主になった昭武は心細くてしかたがない。それにかれは温和な少年だ。依然として水戸城の内外でくすぶっている『尊皇攘夷論』の炎は熱く、しかもその連中はしっかりと昭武の動向を見守っている。

「へたなまねをすれば、われわれが許しませんぞ」

というような目つきをしていた。

そうなると孤独な少年藩主昭武にとって、なによりも頼みとなるのがいままでずっと親身になって世話をしてくれた渋沢栄一の存在だ。

昭武は帰国後、渋沢に、

「ヨーロッパでのことは、わたしに代わっておまえからすべて先君（慶喜のこと）に話して欲しい。そして、先君からお言葉あるいはお手紙がいただけるようだったら、それを直接わたしに届けて欲しい」

と告げていた。

したがって今回渋沢栄一が駿府にやってきたのは、前将軍徳川慶喜に会って昭武から頼まれたことを話し、同時に慶喜のほうから昭武への言葉あるいは手紙があれば、それを持って昭武に届けにいくということであった。

ところが追っかけ昭武から、

「水戸藩主になってはみたものの身近なところに味方が少なく心細い。おまえが水戸城にきて、わたしを助けてくれればほんとうに心強いのだが」

と慶喜への使者としてだけでなく、

「新水戸藩主徳川昭武の補佐役」

としても懇望されていたのである。

栄一は水戸にいくつもりでいた。

（あの気持ちの清い昭武さまが、それほどご苦労をなさっているのを見過ごすことはできない）

という昭武への忠誠心がわいていた。もちろんこの駿府で居候生活を送っている

前将軍徳川慶喜に対しても忠誠心がないわけではなかったが、どちらをえらぶかという、

『プライオリティー（優先順位）』

をつけるとすれば、

「それは昭武さまのほうが先だ」

という気持ちが強かった。徳川慶喜への忠節をもう一度回復させるとしても、渋沢栄一にはわだかまりがあった。それはくどいようだが、

「なぜ大政を奉還したのか、そしてさらに鳥羽伏見へ一万五千の幕軍を出兵させるなどという暴挙をおこなったのか」

という二点について、慶喜からはっきりとした理由をきかなければ胸のうちは収まらない。今度駿府にやってきたのもこの二点を確かめる意味もあった。

文久年間、すでに大政奉還案が

だから駿府藩の中老として実質的に藩政をきりもりしている大久保忠寛と面談しても大久保が申し出た、

「駿府に残って駿府藩の財政をみて欲しい」

という申し出をにべもなく蹴ったのである。

大久保忠寛は幕末期に老中阿部正弘によって発見された逸材で、早くから開明的な考え方を持っていた。大久保は文久年間にすでに『大政奉還』を唱えていた。京都朝廷と京都に密集した尊攘派の勢力が、徳川将軍と幕府に対し、

「一日も早く攘夷をおこなえ」

と迫っていた時期のことだ。尊攘派の勢力に負けて第十四代将軍徳川家茂《いえもち》は上洛した。そして天皇に、

「文久三年（一八六三）五月十日をもって攘夷期限といたします」

と約束してしまった。

このとき家茂の供をして二条城《にじょう》にいた大久保忠寛は畳を叩いてこういった。

「現在の日本の国力で、攘夷などおこないえないことは誰の目にも明らかでありますにもかかわらず、朝廷がむりやりに上さまに対し攘夷をおこなえということは、できないことをやれということと同じでございます。できないことはできません。この際思い切って大政を返上し、かつて神君家康公が領していた駿河・遠江・三河の三国において七十万石を申し受けたい、とお申し出になってはいかがでございましょうか。そのうえで朝廷が見事攘夷がおこなえるかどうか、お手並拝見というほうが賢明かと存じます」

　さすがに二条城にいた幕府首脳部は呆れかえった。みんな顔をみあわせた。目にありありと、

「大久保のやつはなんというばかなことをいうのだ」

という あざけりの色を浮かべた。しかし大久保のこのときの気持ちは本気だった。つまりかれの真意は、

「できもしないことをやれというのは土台無理なのだ。それなら自分でやってみろ」

ということである。ひらき直りの論理だ。

時間は少しずれたが結果としてはあのとき大久保がいったとおりになった。大政を奉還した徳川慶喜は徳川宗家からも身を引いた。そのため田安家から少年家達が入って徳川宗家を継いだ。新政府は徳川家達に対し、

「駿河・遠江・三河において七十万石を与える」

と告げた。大久保のいったとおりになったのだ。

しかし大久保はそのため心を痛めていた。さすがにかれも、

(あのときいったことが実現されるとは思いもしなかった)

と自責の念にかられていた。

そういう事情を知っているから、渋沢栄一は大久保忠寛に対してもあまりいい感

じは持っていない。大久保をみかえす目の底にときどき、

（おまえさんが慶喜さまにろくでもないチエをつけて、大政を奉還させた元凶だな）

という憤《いきどお》りの色が浮く。もちろん大久保も栄一の憤りをきちんと受け止めていた。だからこの日の面談では、それ以上、

「駿府藩の財政の面倒をみてくれ」

とはいわなかった。

「宝台院に連絡して、おぬしが明日にでも御前にお目どおりできるように取りはからおう」

そう告げた。

翌日、栄一は藩庁から連絡を受け、

「宝台院におもむくように」

と告げられた。

やつれ果てた慶喜

宝台院の一室で、毛羽立ち、茶や飲み物のシミが浮いた畳をわびしくみつめてい

る渋沢栄一は、とめどもなく過去のことを思い出していた。

　やがて、

「篤太夫か」

　そういう声がして、ひとりの人物が部屋に入ってきた。みあげると慶喜だった。

「これは」

　栄一は驚いた。やせ細り鼻の下も顎《あご》の下もヒゲぼうぼうだ。

「お久しゅうございます」

　思わず胸がつまって、栄一はそれだけいうとハッと平伏した。慶喜は栄一の脇を通り上座に座った。泰然自若《たいぜんじじゃく》としていてすこしも卑屈なところはない。さすが前将軍だった。

「篤太夫、しばらくだった」

「上さまにもお変わりもなく」

　栄一はかろうじてそういった。慶喜はわらい出した。

「篤太夫、なにをいうか。わたしほどすっかり変わった人間はいないはずだ」

　栄一は、

「は」

　と、また畳にひたいをすりつけた。栄一の胸の中には、

（おいたわしい）

という気持ちがわいてどうにも収拾がつかなくなっていた。それほど慶喜の姿はやつれていたからである。

「篤太夫」

栄一の気持ちを察して慶喜の語調が和らいだ。

「はい」

「長い間昭武の面倒をみてくれて礼をいう」

「とんでもございません。私のほうこそいろいろと勉強させていただきました」

「昭武も水戸城に戻ってさぞかし気骨《きぼね》が折れることであろう」

「それにつきまして」

「なんだ？」

「パリでの昭武さまのお暮らしにつきましては、私から詳しく上さまに申し上げるようにとのことでございます。それに対し、上さまから昭武さまにお言葉なりお手紙なりが頂戴できますれば、それを持って水戸城にきて欲しいとのことでございます」

「そうか」

「さらに」

「うむ」

「水戸城に参りましたら、そのまま在城し、昭武さまのおそばでお手伝いをせよとのお言葉でございます。したがいまして、本日パリでのご報告をすませたのちに上さまからお言葉あるいはお手紙を頂戴いたしますれば、私はすぐに水戸へ旅立つ所存でございます」

「ほう」

慶喜はじっと栄一をみつめた。栄一は気づかなかったが慶喜は栄一のいった、

「水戸城にいってそのまま昭武さまのお手伝いをする」

という言葉に引っかかっていた。

慶喜はいった。

「昭武もいろいろと苦労が多いようだな」

「なにぶんにも、頑固者ぞろいの水戸っぽの本拠においでございますれば」

そういって栄一はすぐ気づき、

「これはご無礼を申し上げました。上さまも水戸っぽでございましたな」

とわらった。慶喜もわらった。そして、

「昭武への言葉あるいは手紙については後で考える。まずパリの話をして欲しい」

そういった。

栄一は語りはじめた。かれがパリにいたときに関心を持ったのは、文化面よりもむしろ経済や政治制度に対してであった。とくに社会制度だった。かれは渡欧中、三種類の日記をつけていた。公《おおやけ》の日記、私的な日記、そして金の始末を書き綴ったものである。かれはパリをはじめヨーロッパ諸国の名所旧跡などについては書いていない。社会的、経済的施設の中で、とくに目についた水族館、軽気球、パノラマ、競馬、植物園、大砲機械貯所、公事《くじ》裁判所、パリ市の下水道、病院、パリ市民のための飲料水、また蒸気機関、耕作機械、紡織機械、各国の貨幣、学術に必要な機械類、医師の道具、測量器、エレキテル（電気）を使った機械、織物機などに対しては、パリで開かれていた万国博覧会で見聞したことも含めて、こと細かく記してきた。

これらの施設を見学しているうちに、栄一はいくつかのことを知った。

・施設建設の底に、フランス人は人間愛の理念を据《す》えていること。

・施設建設の資金は合本（株式）が活用され、税金だけでなく民間資金もかなり投入されていること。それが企業になっている場合もあること。

・したがって日本だとお上《かみ》の施与的施策である福祉が、パリではうけとる側がひけめを感ずることなく、堂々とその給付をうけとっていること。

などである。

もともと昭武がパリにいったのは、徳川幕府の代表としてパリ万国博覧会に参加するためである。幕府は日本国の名において各藩に呼びかけ、提供された珍しい品物を出品していた。

大名家はそれぞれ、

『徳川幕府』

の名の下に出品した。薩摩藩だけがこの禁を破った。

薩摩藩は、

『薩摩政府』

として出品し、会場では丸に十字の島津家の旗印を堂々と掲《かか》げた。これが問題になった。主催者側では、

「日本には政府が二つも三つもあるのか？」

ときいてきた。昭武に同行していた外国奉行向山隼人正は、

「日本の政府はひとつです。徳川幕府だけです。薩摩藩を幕府の命に従うように説得してください」

といったが、通訳の能力もあってか意がきちんと伝わらず、薩摩藩はそのまま丸に十字の旗を掲げ続けた。徳川幕府の面目《めんぼく》は失墜した。

しかしそんなことは栄一にすれば大した出来事ではない。かれは世界中から集め

られた珍しい品物をつぶさにみて歩くことだけで精一杯だった。

　この地へくる前にすでにメモを読み返し、

「上さま（慶喜のこと）にはこういうお話をしよう」

といちおう要領よくまとめてきていたので、スラスラと言葉が出てきた。慶喜は終始興味深げに、うん、うんとうなずきながらきき続けた。

　慶喜は将軍時代から、

「フランスかぶれ」

といわれている。駐日フランス公使ロッシュとは昵懇《じっこん》で、

「フランスの協力を得て、長州藩をまず叩き、さらに薩摩藩を叩く」

と豪語していた。そのために大規模な幕政改革をおこなった。改革は幕府の組織と軍事力の整備、工業力の増強などを柱とした。フランス公使ロッシュは積極的に支援した。人的・資材的にもフランスからどんどん取り寄せた。徳川幕府の軍隊の改良に対してはフランスから呼び寄せた士官たちに積極的に指導させた。横須賀の大規模な軍事工廠《こうしょう》の設立などである。この実務を幕府側で担ったのは勘定奉行だった小栗上野介《おぐりこうずけのすけ》だ。小栗上野介も、

「フランスかぶれ」

だった。小栗は経済観念にも長けていて、

『日本で初めての株式会社』

とよばれる経済組織までつくろうとした。日仏が資本を出し合って神戸に合弁企業を設立し、両国の産品の交流をおこなおうとしたのである。

このころのフランスには目論見があった。それは、

「日本の生糸を独占購入したい」

ということである。

開国後、日本の産品でヨーロッパ諸国に評判の良かったのは茶と生糸だ。茶は主としてイギリスが買い入れ、生糸はフランスが買い入れた。フランスは世界でも有数の生糸需要国だったが、そのころフランスの蚕《かいこ》が病気にかかって産地がほとんど潰滅《かいめつ》していた。そのために商人たちが、

「日本の生糸を買い占めよう」

といっせいに殺到してきた。中国でも生糸は有力産品のひとつだが色にまだ黄色味が残っていた。ところが日本の生糸は真っ白だ。そこで改めて日本の生糸への需要が高まったのである。ロッシュは、

「日本の生糸輸入をフランス国で独占したい」

と申し出ていた。小栗上野介は、

「そうしてもいい」

というような考えを持っていた。フランスからの見返りが大きかったからだ。

わだかまりを問いただす

徳川最後の将軍になったときの慶喜の長州征伐に対する意気込みはすさまじく、次々とおこなう大改革に討幕派は目をみはった。長州藩の桂小五郎《こごろう》（木戸孝允）など、

「慶喜はまるで家康の再来だ」

と舌を巻いた。

残念ながらそのころの慶喜の姿を栄一はみていない。

栄一にすればだから、

（そんなに勢いづいていた上さまがなぜ大政奉還などという馬鹿なことをなさったのだ）

と思う。

栄一はフランスの政治制度に触れ、大統領制、議会制、郡県制などについても話した。慶喜はこの問題にはひとしお関心を示し、

「なるほど、なるほど」

と何度もうなずいた。慶喜自身にもそういう知識があったからである。

慶喜が将軍になったころフランス国はナポレオン三世が皇帝だった。パリで万国博覧会を開いたのも、ナポレオン三世の、

「フランスは世界一の文化王国である」

という示威運動（デモンストレーション）だった。栄一は会場できいたナポレオン三世の挨拶をのちに、

「まるで自分の国が世界を支配しているというような、嫌みたっぷりで自慢気な色があった」

と批判している。

話しているうちに栄一の胸の底をハッとさせるものがあった。それはいま話しているような制度を大久保忠寛から、

「じつをいえば上さまもそのご構想をお持ちだった」

と、大政奉還のときの慶喜の政治構想をきいていたからである。栄一の胸の底をハッとさせたのは、その構想がいま話していることとほとんど似ているということではない。

（もしそのご構想が実現していたら、上さまもフランスのナポレオン三世と同じような態度をお取りになったのではなかろうか）

ということである。つまり慶喜が大政奉還時に抱いていた構想が実現されれば、

慶喜自身もまたナポレオン三世のように得意になってそっくり返ったのではないかということだ。というより、〝日本の皇帝〟をめざしたのではないか、という疑いが湧いたのだ。

上目づかいに慶喜の顔を探りながら栄一はそんなことを感じた。しかしすぐ、

（ばかめ、つまらないことを考えるな。上さまに失礼だぞ）

と自分を叱った。

慶喜も栄一の話の進展にかつての自分の立場を重ねていたのかもしれない。複雑な表情が浮かんだ。

（あのときの構想がもしうまくいっていたら）

と過ぎた夢に対する未練かもしれなかった。そんな色を慶喜の面上《めんじょう》から窺い知ると、栄一はついに我慢できなくなってきいた。

「上さま」

「なんだ？」

「折り入ってお尋ねいたします。なぜ大政を奉還なさいましたか？　さらに一万五千の幕軍を出兵させるなどという暴挙をなさいましたか？」

「……」

慶喜は一瞬緊張し、けわしい表情になって睨《にら》みつけるような視線を栄一に向け

た。が、すぐ肩を落とし、こんなことをいった。

「篤太夫、もうその上さまという呼び方はやめろ」

「は？」

「大久保からきいたはずだ。いまのわたしは徳川家の居候だ。なんの資格もなく収入もない。上さまなどとは呼ぶな」

「は」

突然弱気になった慶喜を栄一はまじまじとみつめた。

慶喜の透徹した心

慶喜はいった。

「篤太夫」

「はい」

「おまえはだれよりもわたしの気持ちを知っているはずだ。そのおまえが二つのことについて執拗に追及するのはわたしに対して酷《こく》であり同時に非礼である。慎め」

「は」

栄一は慶喜の態度に威圧されて思わず平伏した。が、胸の中では納得しない。顔を上げると、慶喜は心持ち表情を緩めていた。

「篤太夫」

「はい」

「いまのわたしは一介の浪人だ。徳川宗家は田安から入った家達殿が継いでくれた。かつて徳川家の家臣であった者が続々とこの土地にやってくる。しかしいまのわたしは新徳川家の居候であって、かれらに対してなんら手をさしのべることもできない。わたし自身の暮らしをどう保つかも危《あや》うい。そんなときに、いまさらむかしのことを繰り返してあのときああすればよかったなどといってみてもはじまらぬ。事実は事実だ。この事実に対してどう対応していくかがわたしのいまの生き方だ。いまのわたしは徹底恭順、朝廷に対してはなんら叛意《はんい》がないことを示し続けなければならぬ。それがこの土地にやってくる旧臣たちへのせめてもの心づくしだ。そのへんをわかって欲しい」

切々と訴えるような語調だった。栄一は平伏したまま肩を震わせた。慶喜のことばがあまりにもつらかったからである。栄一は嗚咽《おえつ》した。そしてとぎれとぎれにこういった。

「上さまのお気持ちはよくわかるつもりでございます。ただ、あまりにもお労《いたわ》しく……。上さまのいまのお姿を拝見いたしますと、どうしても悔しさが突きあげてくるのでございます」

　そういった。慶喜は、

「篤太夫の気持ちはよくわかる。そこまでわたしの身になってくれるのはうれしい。が、世の中は変わった。篤太夫も新しい世に生きよ。わたしのことは忘れるのだ」

「そうはまいりません」

　栄一はキッとなって顔を上げた。

　栄一の心にこのときはじめて、

（水戸の昭武さまには適当な時期でおいとまをいただいて、もう一度この地に戻ってこよう。そして上さまのご面倒をみよう）

　という気持ちが湧いた。このたちまちの心境変化も栄一持ち前の、

「人生意気に感ず」

　という精神のあらわれなのだ。

　それには、早く慶喜から昭武への親書をもらって水戸にいき、昭武の希望にある程度沿わなければならない。そこで、

「昭武さまからのお願いの趣、早々にご返書を頂戴しとうございます」

　といった。慶喜はうむ？　というような表情をして眉を寄せたが、すぐ、

「わかった。追って沙汰《さた》する」

といった。立ち上がり、

「篤太夫、久しぶりに会えてうれしかったぞ」

といった。栄一は、

「は」

と平伏した。慶喜はそのまま出ていった。

座敷から出るときに振り返りもせずに、

「篤太夫も自重せよ」

そう告げた。

不死鳥のような役人根性

慶喜に会ったのち、栄一は市内の宿舎に戻った。そしてひたすら藩庁からの沙汰を待った。が、二日経《た》っても三日経っても何もいってこない。しびれを切らした。

そこで旧知の梅沢孫太郎《うめざわまごたろう》を訪ねた。文句をいった。

「梅沢くん、きみはおれがなぜこの地にきたかはよく知っているはずだな?」

梅沢はうなずいた。

「知っている」

「それなら一日も早く上さまから水戸の昭武さまへのご返書を頂戴してくれ。昭武さまは首を長くしておれを待っているのだ」

「知っている。だがな……」

梅沢はちょっといいにくそうな表情をした。栄一はみとがめた。

「なんだ?」

「いや別に」

梅沢はことばを濁《にご》したがどうもその様子が変だ。しかし梅沢は栄一に執拗に迫られて、

「ご中老(大久保忠寛のこと)に催促してみる」

といった。

「そうしてくれ」

なにか煮えきらないものを感じたが栄一はまた宿舎に戻った。三日ばかり経って藩庁から使いがきた。

「至急藩庁へまかり出るように」

という沙汰である。やっと慶喜の返書が貰えるのだと喜び、栄一は略式の袴羽織で藩庁にいった。門を入ると旧徳川家の武士たちが目をむいた。一様に、

(なんという格好をして役所にやってきたのだ?)

という表情をしている。おかまいなく栄一がどんどん中へ入っていくと、玄関の式台で止められた。

「そのお姿ではだめです」

「なにが?」

「ご用で召されたのですから、礼服をお召しになってきてください」

「礼服?」

いまさらなにをいっているのだという顔で栄一は相手をみつめた。しかし相手はひるまない。

「その服では困ります。礼服をお召しになって改めておいでください」

と頑強だ。栄一は、

(まるっきりむかしと同じだな)

と思った。一橋慶喜は第十四代将軍家茂が死んだ後、徳川宗家を継いで徳川慶喜と名を変えた。半年ばかり経って将軍になった。そのころ慶喜のまわりを囲む武士たちは、なんでも、

「旧例に基づく」

とか、

「先例を重んずる」

と、手の振り方、足の上げ方ひとつにしてもやかましかった。すべて規則ずくめだ。幕府が倒れて新しい世の中になったのだから、そういう新しいご時世に合わせた生き方をしているのか、と思ったらぜんぜん違う。まるっきりむかしと同じだ。栄一は呆れた。嫌になった。しかし礼服を着てこなければ取り次ぎがないというので、しかたなく宿に戻った。そしてまた梅沢孫太郎を訪ねて、

「おい、礼服を貸してくれ」

といった。梅沢は眉を寄せたが、すぐなんのことか理解したらしく、

「わかった」

といって、自分の礼服を出してくれた。そこで着替え、そのまま藩庁へいった。さっきの役人が式台で頑張っている。

「これでいいか？」

というと役人はうなずいた。

「結構です。ご案内します」

役所の中に入ると栄一が顔をみたことのない重役がいて、

「そこへ控えるように」

と大きな態度でいった。栄一はカチンときた。が、我慢して下座に座るとその重

役は、

「渋沢栄一、そのほうに藩の勘定組頭《かんじようくみがしら》を命ずる。ありがたくお受けするように」

と重々しい調子でいった。おしつけがましい態度だ。栄一はびっくりして重役をみかえした。

「なんとおっしゃいました？」

ききかえされて重役はムッとした。

「おまえは耳が遠いのか？　当藩の勘定組頭を命ずると申したのだ。上さまからのありがたいおぼし召しである。慎んでお受けするように」

ともう一度告げた。栄一が断るはずがないという態度だ。栄一は顔を上げた。そして、

「お受けいたしかねます」

といった。重役はびっくりした。

「なに」

と目をむいた。栄一はいった。

「ご重役はご存じないのかもしれませんが、私がこの地に参りましたのは、別に藩の勘定所に出仕するためではございません。水戸藩主徳川昭武さまのお使いで、元将軍であらせられる慶喜公のご返書を頂戴に参ったのでございます。私はご返書を

頂戴したらすぐ水戸へ参らなければなりません。お役を仰《おお》せつけられるというお話は寝耳に水であり、同時に私にとっては任にあまることでございます。お受けいたしかねます。それよりも、早く上さまからのご返書をいただけるようにお取りはからいください」

栄一のことばを重役は途中から首を横に振り続けながらきこえないフリをした。栄一の話が終わると、

「わたしはおまえのいまの話はぜんぜんきいていない。とにかく勘定組頭を申しつける。お受けするように」

「お受けできません」

「命《めい》は達したぞ」

たまりかねて重役は立ち上がった。そして栄一をみおろしグイと睨んで、

「命は確かに達したぞ」

ともう一度念を押した。栄一は平伏したまま、

「お受けいたしかねます」

とはっきりいった。

新藩庁の形式主義

重役は命令を伝えたから用はすんだとばかりに、逃げるように去ってしまった。しかたがないので栄一は勘定所にいった。ここにも旧知の平岡準蔵《ひらおかじゅんぞう》と小栗尚三《おぐりしょうぞう》がいた。

「ここでなにをしているのですか？」

ときくと、平岡と小栗は顔をみあわせてニヤリとわらった。

「おれたちはいま藩の勘定組頭をしている。おまえもここへ勤めるそうだな」

といった。栄一は大きく首を横に振った。

「いまご重役からそういう話があったが断りました」

「断った？」

ふたりはびっくりして顔をみあわせ、呆れたように栄一をみた。

「渋沢、相変わらずだな」

「そうではありません。あなたがたはきいているかどうか知りませんが、私が今度この地へきたのは、水戸の昭武さまからのお使いとして上さまのご返書を頂戴するためです。が、どういう訳かご返書がなかなかいただけません。業《ごう》を煮やして梅沢に頼んだらきょうのお呼び出しです。やっとご返書がいただけると喜んでやってきたら、勘定組頭を命ずるという呆れた話でした。冗談ではありません。私はとにかく一日も早く水戸へいかなければなりません。事情をご存知なら、すこし助けてください」

訴える栄一のことばにふたりは弱ったなという表情をした。

「渋沢」

「なんです？」

「おまえはなにも知らぬようだな」

「なにも知らぬとは？」

「上さまのほんとうのお気持ちだよ」

「上さまのほんとうのお気持ち？　なんのことです？」

栄一はそうきいたがふたりは口をつぐんだ。じっと栄一をみつめたまま、

「弱ったな」

とつぶやいた。栄一はいきり立った。

「なんのことかさっぱりわかりません。一体あなたたちはなにを隠しているのですか？」

「別に隠してはいないが、上さまのお気持ちがきちんとおまえに伝わっていないよ

うな気がする。まずそこを確かめろ」

「上さまにはお目にかかりました。が、別になにもおっしゃらなかった」

「上さまはそんな細かいことまでおっしゃれないのだ。そこをお察しするのがかつて上さまのおそば近く仕えたおまえの責務だろう」

「……？」

栄一にはなんのことか余計わからなくなった。深い霧の中を歩かされているような気がする。

栄一はふたりにいった。

「大久保さまにお目にかからせてください」

「大久保さまに？　お目にかかってどうするのだ？」

「あなたたちがいまいわれた上さまの真のお心というのをきいてきます」

「ばかな」

ふたりはわらった。栄一は藩庁を訪ねたときに感じた嫌な予感がしだいに大きくふくれ上がってくるのを感じた。

一言でいえば、

「形式主義の復活」

である。幕府時代はそうだった。なんでも先例、あるいは規則ということを盾《たて》に武士たちを支配した。一挙手一投足のすべてに規則がまといつく。

（それがまたこの地でよみがえっている）

栄一にはそう思えた。

略式の服装で訪ねれば、

「礼服に着替えてこい」

という。大久保忠寛に会わせろといえば、

「いまの大久保さまにお目にかかるのには段階があって大変だ」

という。いまの栄一にはなんの身分も資格もないから、

「大久保さまのようなエライご重役には簡単にはお目にかかれない」

ということだろう。

栄一はつぶやいた。

「まるで新しい幕府ですね」

「なに？」

平岡がきき返す。栄一は突っかかるようにいった。

「私がこの藩庁にきたときに、玄関の役人が私の略装姿をみて着替えてこいといいました。礼服でなければだめだという。こんな形式主義がまたよみがえったのかと嫌になりました。しかし着替えてこなければ役所に入れてくれないというから、こ

うして礼服を着てきました。そして中に入れば知らない役人が出てきて私に勘定組頭を命じるという。寝耳に水です。それだけではありません。文句がいいたいから大久保さまに会わせろといえば、あなたたちでさえいまの大久保さまに会うのは容易ではないという。一体どうしたのですか？　もう旧徳川家も幕府も潰れたのですぞ。旧徳川家は七十万石の扶持を貰う一介の大名にすぎない。にもかかわらず、あなたたちの意識の底にはいまだに徳川幕府のまぼろしがこびりついている。そしてなんでも役人根性で形式的にことを運ぼうとする。間違いです。こんなことをしていたらどんどん新しい世の中に置き捨てられますぞ」

「そういきり立つな」

平岡と小栗は顔をみあわせニヤリとわらった。栄一がそういうだろうと予想していたような顔だ。栄一は怒った。

「なにがおかしいのですか？」

「おまえが相変わらずだからだ。ちょっと待て。大久保さまに伺ってくる」

そういって平岡が立ち上がった。栄一は、

「大久保さまに、絶対に勘定組頭はお受けできない、その代わり一刻も早く上さまのご返書を頂戴したいと申し上げてください」

とその背中に声を投げた。待つ間、勘定所で小栗と雑談をした。栄一が知りたかったのは、この地に続々とやってくる旧徳川家の武士たちの暮らしぶりである。予想以上にひどいらしい。そうなると栄一の胸も痛む。こんなやりとりをしている間にも旧徳川家臣団の窮迫した生活をなんとかしてやりたいという思いが一方で湧き立つ。これも栄一のやさしい感性がそうさせるのだ。かれはすぐ相手の身になってものごとを考える。が、

（おれの身体はひとつだ。同時に二つのことはできない。いまはとにかく水戸へのご返書をいただくことだ）

と目的を絞る。

大久保さまも変わったのか

平岡が戻ってきた。栄一は期待に目を輝かせた。

「どうでした？」

「ご中老のおっしゃったことをそのまま伝える。ご中老がおっしゃるには、水戸へのご返書は別な人間に持たせるから、おまえは心配しなくてもいいとのことだ。おまえはあくまでも当藩の勘定組頭の役を果たすようにとの仰せだ」

「そんなばかな！」

栄一は立ち上がった。

「どこへいく?」

「大久保さまに直談判《じかだんぱん》します」

「やめろ。いまこの役所ではそんなことはできない。控えろ」

平岡は居丈高《いたけだか》になって座敷の入口に突っ立ち栄一を阻《はば》んだ。栄一は思わず目をむいた。

「平岡さま、邪魔する気ですか」

「そうだ」

平岡の表情も必死だ。たとえ力ずくでも阻止するといった気構えだ。栄一は睨み合っていたが、やがて肩から力を抜いた。

「呆れましたよ」

「なにがだ?」

「あなたたちもすっかり幕府のわるい小役人に根性が変わってしまった。むかしのあなたたちはこんな人間ではありませんでした。いったいどうしたのです?」

栄一は平岡をさぐるようにみた。平岡はいった。

「たとえおまえに呆れられようと、これがいまのおれたちの生き方だ。こうしなければ藩は保てない」

「どういうことです？」

「いまの徳川家はむかしの征夷大将軍《せいいたいしょうぐん》徳川家ではない。いまはおまえがいうように一介の大名だ。だからこそこうして身を縮めて生きていくのだ。それが上さまの恭順の姿勢につながる。おれたちがすこしでも突っ張って食《は》み出れば、たちまち新政府の目は険しくなる。それでは上さまに相すまぬ」

平岡をみかえしているうちに、栄一の脳裡《のうり》に数日前に会った前将軍慶喜のやつれ果てた姿が浮かんだ。あの苦渋に満ちた表情は栄一になにを語りたかったのだろうか。あのとき慶喜はいった。

「篤太夫、おまえにはわたしの気持ちがよくわかるはずだ」

一体なにをわかれというのか。あのときの慶喜は栄一が質問した、

「なぜ大政奉還や、鳥羽伏見への出兵などという暴挙をなさったのでございますか？」

ということにもなにも明確な答えを与えてくれなかった。ただ、

「察せよ」

といった。平岡の顔を凝視しているうちに、栄一は自分の頭の中に根雪のようにこびりついていた疑問が急にとけた。

（そういうことだったのか）

と気がついた。

いま藩は苦悩している。全員が身をかたくして東京の新政府をうかがっている。慶喜はその先頭にいた。慶喜は藩の苦悩の代表だった。が、こういう身の縮めかたは栄一には納得できなかった。

栄一は肩から力を抜いていった。

「わかりました。きょうはこのまま帰ります。しかし絶対に勘定組頭など引き受けません。大久保さまにそう申し上げて下さい」

捨てゼリフを残した。ご中老とはいわなかった。大久保さまとあえていった。そこに栄一の思いがあった。栄一は完全に大久保忠寛に腹を立てていた。つまり、

(大久保さまも藩の低級な重役になってしまった)

と感じたからである。栄一が感じたのは、旧徳川将軍家という規模の大きい家から七十万石の大名に落ちぶれたために、大久保さまをはじめ旧徳川武士団はみんな小さくなってしまったということである。

新政府への気の遣いかたはわかる。栄一が腹を立てたのはその気遣いが、藩内部にも再び悪しき役人根性をよみがえらせたことだ。

(小さくなりながらも自分の身丈を大きくみせようとして、やたらに形式主義をふりかざし、虚勢を張っている。その虚勢がつまらぬ役人根性を横行させている。だ

から略服を着ていったおれに礼服に着替えてこいとか、たかが中老職についた旧知の大久保さまに会うのに、段階があってなかなか難しいなどという屁理屈をこねる。形式主義の最たるもので役人根性も極《きわ》まれりといっていい）

ということである。

第二部

静岡藩再建

旧徳川武士の生活苦

栄一にすれば、

「そこまで藩がさしせまった状況にあるのなら、むかしの幕府役人のようなことをいってるヒマはないだろう」

ということである。栄一の予感では、

「新政府はかならず郡県制を出してくる」

と思っていた。郡県制というのは日本の全藩（すなわち大名家）を廃止し、中央政府の意のままになる地方自治体を置くということだ。とりあえずはかつての大名を知事に任命するかもしれない。が、そんな知事はすぐ辞めさせられ中央政府から役人知事が派遣される。それも薩長土肥などの藩閥から任命される。そうなれば、日本全国が中央政府の思いのままに支配されるということだ。それが目にみえている以上、ひとつの藩としてもそのときにバタバタせずに対応できるような体制をいまから固めておく必要がある。にもかかわらず徳川家は時代に逆行している。古い時代の慣行や規制を前よりもきびしくして武士一人ひとりの生き方を制約している。

（それでは完全に過去というまぼろしの中に戻るようなものだ）

栄一にはそう思えた。そうなると、

（いっそのことこの地に残って徹底的な改革をしてやろうか）

とも思う。が、自分の申し出がすべて蹴られ、しかも一方的に、

「藩の勘定組頭を命ずる」

などという押しつけがましい任命は癪《しゃく》に障《さわ》って承服できない。

そんな思いにかられながら栄一は宿でひとり酒を飲み続けた。酔ってくるとさら
に怒りが爆発する。

「大久保さまのばか野郎、平岡、小栗のばか野郎」

と会った連中を片っ端から罵《ののし》った。

「玄関番のばか野郎」

なにが礼服で来いだ、などとひとりでブツブツ息巻いた。

そんなとき廊下から、

「お客さまでございます」

という宿の者の声がした。

「客？　遠慮はいらぬ。入れ」

酔った声でそういうと、ひとりの武士が入ってきた。

「渋沢さん」

とニコニコわらっている。

「だれだ？」

朦朧とした酔眼《すいがん》で相手をみつめていたが、栄一はやがて、

「なんだ、大坪《おおつぼ》ではないか」

と気がついた。大坪といわれた武士は、

「そうです。しばらくでした」

とにこやかにわらい、刀を外すと入口に置いてきちんと正座した。一礼し、

「お久しゅうございます」

と挨拶《あいさつ》した。栄一は、

「なんの用だ？」

といった。大坪は、

「わたしはいま藩の勘定所に身をおいております」

といった。栄一は大仰《おおぎょう》に目をみはった。

「おまえも勘定所か？　おれの知っているやつはどいつもこいつも勘定所の役人だな」

と憎まれ口を叩いた。大坪はさらに笑いの陰を深めた。

「夜分申し訳ありません。ご中老から申しつかって伺《うかが》いました」

「ご中老？　だれのことだ？」

ひねくれた栄一は嫌みたっぷりにきいた。大坪は、

「そんなご冗談を」

と笑って宙で大きく手を振った。

「ご中老というのは、大久保さまのことでございますよ」

大坪は根気強く説明した。

「大久保さま？　あの大久保忠寛さまのことか？　いまはご中老などという大奥の女性のようなお役についておられるのか？」

「茶化してはいけません。大久保さまからのお言葉をお伝えします」

「ほう、いまさら大久保さまがおれになんの用だ？　昼間役所にいったときは平岡様を通じて水戸には別な人間を使者として立てるから、おまえはこのまま この地に残って勘定組頭の役を務めるようにとの話だった。ふざけるな。おれは腹が立ったから、平岡様にそんな役は絶対に受けられないといって席を蹴立てて帰ってきたところだ。ムシャクシャするからこうして酒を飲んでいる。おまえも飲め」

「いただきます」

大坪は悪びれずに栄一が差し出した盃《さかずき》を受けた。栄一は注《つ》いだ。酔っているから勢いがあまって盃から酒がこぼれた。それを巧みに手で受けた大坪は盃に口をつけ

る前にそっちのほうを舌でなめた。栄一は見ていて嫌になった。

「大坪、みっともない真似をするな」

「これはどうも」

大坪はニッコリ笑って栄一を上目づかいに見、酒に濡れた唇からこんな言葉を吐き出した。

「こういうみっともないことをするのは、いまの藩の武士たちの習い性《しよう》です。そこまで旧徳川家の武士たちは生活に窮《きゆう》しているのです」

「すべて上さまのせいだ」

「え？」

大坪は笑いを引っこめて栄一をみかえした。栄一は焦点の定まらぬ目でつぶやくようにいった。

「上さまが大政奉還や鳥羽伏見の出兵などというばかなことをなさったから、旧徳川武士がみんな苦労するのだ」

「それはいいすぎです」

「なにがいいすぎだ？」

「大政奉還はともかく、鳥羽伏見への出兵は上さまのせいではありません。われわれが独断でおこなったことです。上さまは風邪をお召しになって大坂城でお休みでした」

「一軍の大将が風邪をひいて寝ているなどというばかなことがあるか。たとえ倒れてもあの出兵は止めなければいけなかったのだ」

「それは結果論です。場合によっては勝っていたかもしれません。勝っていれば今日のような窮状はなかったでしょう」

「それこそとらぬタヌキの皮算用だ。上さまではないが、あのときもしこうしていたらなどと考えるのは時間のムダだ。いずれにしても、上さまがばかなことをなさったからおまえたちが苦労しているのだ」

「そうではありません。しかし、渋沢さんのいうように現実がこうなってしまった以上、過去を振り返ってもしかたがありません。いまの現実をどうするかが大事です。それには、渋沢さん、どうしてもあなたの力が必要なのです」

「おれのなにが必要なのだ？」

「理財の才覚です」

「理財の才覚？」

栄一はきき返した。大坪は手にした盃をグッと飲みほすと栄一に返した。栄一は首を横に振って、

「もう一杯やれ」

といってまた酒を注いだ。今度は気を付けたのでこぼさなかった。大坪はうれしそうに盃に入った液体をみつめながらこういった。

「渋沢さん、お願いです。窮迫した旧徳川武士団の暮らしが立つように知恵を貸してください」

「いやだ」

「なぜですか？」

「この地に新しい小さな幕府ができたからだ」

「どういうことですか？」

「こういうことだ」

栄一は、略服を着ていって藩庁の玄関で追い返されたことや勘定所にいた旧知の平岡や小栗たちの変貌ぶりを語った。ひとくさり能書きをたれると、

「どいつもこいつもこの藩は小役人の小幕府になってしまった。そんなやつらの面倒などみたくない。おれは武蔵《むさし》の実家に帰る」

と毒づいた。

ごもっとも、ごもっともっとも

渋沢栄一は勘定所勤務の大坪相手に、しきりに気炎を上げた。憤懣《ふんまん》をぶちまけた。大久保忠寛も槍玉にあげた。

「あれほど人望の厚かった大久保さまが、中老などという役につくとまるでむかしの徳川幕府の側用人《そばようにん》のようになってしまった。むかしの大久保さまはあんな方ではない。筋を通し曲がったことにはかならず食ってかかった。ところがいまの大久保さまは新しい藩主家達さまの鼻息を窺って、前公（慶喜）をないがしろにし、小さな寺に押しこめたまままろくに面倒もみない。集まってきた旧幕府の武士たちも、大久保さま同様に家達さまに気兼ねをして前公などみむきもしない。まったく不忠なやつらばかりだ。

　しかも江戸城時代以上に、つまらないことを規則にしてやかましく申し立て、おれにもいろいろと注文をつける。いったい、どうなっているのだ？　だいたい、駿府という由緒ある地名を新政府の鼻息を窺うあまり、この地域にある賤《しず》ケ丘《おか》から名を取って〝静岡〟などと変えるのは、精神が卑小になっていることをよく物語る。いったい、徳川武士の誇りをどこへ忘れたのだ？」

　息巻きながらも、渋沢栄一は他人を喜ばせることが好きだから目の前にいる人間には奉仕精神を忘れない。文句をいいつつも手は休めずに大坪の盃が空《あ》くとすぐ酒をついでやる。大坪はそのたびにペコリとお辞儀をして、盃を口元へ運ぶのではな

く逆に口を盃のほうへ近づけていった。その飲み方がなんとも卑《いや》しく惨《みじ》めだ。しかし大坪は、

「いま藩の武士はこうして身を縮めて生きていかなければ、新政府がいつなにをするかわかりません」

といった。そういう考え方も栄一にとっては我慢ができない。

栄一にすれば、

「この土地には小さな幕府ができてしまった。しかもかつての徳川武士たちはみんな小役人根性を持って、小さくなることにばかり腐心している。徳川精神はいったいどこへいったのだ？」

という不満がたぎっている。

大坪は栄一のいうことを終始一貫して、

「ごもっとも、ごもっとも」

と、相槌《あいづち》を打ちながらきいている。栄一はだんだん大坪を疑いだした。

（この野郎はただおれの話に相槌を打ちにきただけではないのか？　それが大久保さんのおれを籠絡《ろうらく》する手なのだ）

と思いはじめた。だから大坪は底の知れない桶《おけ》のように栄一のいう不平不満を、ただ、

「ごもっとも、ごもっとも」

ときいている。おそらくその桶の底は抜けているから、栄一の話したことは全部底から流れ出てどこかへいってしまうのだ。大坪の胸にはヒダがない。だから栄一の不満を自分の不満として受け止めるひっかかりがない。栄一の怒りは大坪の胸をただ通り過ぎていくだけだ。栄一はしだいに張り合いを失った。むなしくなってきた。

そこでついに、

「もうやめた。ばかばかしい。おまえはおれの話をちゃんときいていない」

とサジを投げた。

「いえ、きいていますとも」

大坪はそういって、ひとりで大きくうなずき、

「ごもっとも、ごもっとも」

といった。栄一は立ち上がった。

「大坪、もう帰れ！　おまえのそのごもっとも、ごもっともはきき飽きた」

と大声を出した。大坪はびっくりして栄一をみあげた。が、残っていた酒を舌でなめつくすと、

「わかりました。帰らせていただきます。すっかりご馳走になりました」

そういって立ち上がり部屋から出ていった。出掛けにまた、

「ごもっとも、ごもっとも」

といった。栄一は、

「この野郎！」

と握った拳《こぶし》を振り上げた。大坪は栄一に殴られたかのように頭を抱え、大仰に、

「痛い、痛い」

といいながら廊下を走って去った。栄一は苦笑した。

「なんという野郎だ」

とつぶやいた。

慶喜の真意

しかし大坪は実際には栄一の話をきちんときいていたのだ。城に戻ると中老の大久保忠寛に正確に報告した。大久保はうなずいた。

「そうか、やむをえない。明日おれから話そう」

「ぜひそうしていただきたいと思います。このまま放っておくと渋沢さんはなにをするかわかりません」

「おれもそう思う」

翌日、大久保から呼び出しがきた。栄一は礼服を着ていった。

「やっとお目にかかれましたね。ご中老というのは徳川幕府の老中よりもエライらしいですね」

のっけからそういう皮肉をいった。大久保はわらった。

「噛みつくな。いまの藩はこういう礼式を守ることが、全藩士が心をひとつにする唯一の方法なのだ」

「淋しいかぎりですね」

「おれもそう思う。やっていて肩が凝《こ》る」

大久保はそういって膝を崩した。

「あぐらをかけ」

そういった。栄一は意外な気がした。しかしあぐらをかいた。大久保はいった。

「率直にいうぞ」

「承《うけたまわ》ります」

「おまえが水戸の昭武さまからご親書を預かり、前公のご返事をいただいて一日も早く水戸へ赴《おもむ》きたいということはよくわかっている。また水戸の昭武さまからもおまえをぜひ水戸に寄越して欲しいという正式な依頼がきている。しかし前公のお考えは違う」

「どう違うのですか?」

「前公は、おまえが水戸へいけば余計な苦労をするとお考えだ。昭武さまのまわりにはまだまだ頑固な攘夷論者がたくさんいる。そんなところへおまえがのこのこ出掛けていったら、おまえが攻撃されるだけではない、昭武さまにも累《るい》が及ぶ。前公はそんなことをさせては昭武がかわいそうだ、篤太夫もかわいそうだ。だから篤太夫をここにとどめ、水戸には別の者をさし遣《つか》わすようにとの仰《おお》せだ。前公はそれほどおまえのことを心配しておられるのだ。逆恨みするな。前公のお気持ちをお受けしてここに残れ」

「……」

栄一は大久保をみかえした。大久保も栄一をみかえす。大久保の目の底は澄《す》んでいて深い慈《いつく》しみの色があった。まだ幕府が潰《つぶ》れる前に何度か栄一が目にした独特な表情である。

大久保は、

「誠実」

を重んずる典型的な徳川武士だ。栄一は昨夜大坪に散々悪態をついたが、しかし目の前にいる大久保はむかしのままの頼りがいのある武士だった。栄一はあまりにも悪口をいったことが悔《く》やまれた。同時に大久保が話してくれた慶喜の自分に対する温情が身にしみた。

　栄一は手をついた。

「浅はかでした。前公がそこまで深いおぼし召しをお持ちとは、まったく気がつきませんでした」

「わかればいい。ここに残れ」

「残ります」

「おまえは理財の達人だ。いま困窮している旧徳川武士のくらしが立つように何か考えてやってくれ」

「考えます。ただしわたくし流のやりかたで考えます」

「どういうことだ？」

「論語《ろんご》とソロバンを一致させます」

「なに？　意味がわからぬ」

「財政を通じて武士の本然《ほんぜん》を学びなおさせます。民《たみ》の範となるように仕向けます」

「よくわからぬ。とにかくまかせる」

　大久保とやりとりしているうちに、栄一の胸には新しい考えが湧いていた。この点、かれはある意味では能天気だ。つまり、

「古い苦悩は新しい希望によって押し流される」

という栄一独特の生き方、発想方法なのである。栄一の胸の中にはすでに、

「旧徳川武士団の困窮を救うために、ここで一番事業を興《おこ》してやろう」

という気が起こっていた。しかし単なる財政再建ではない。

「赤字をなくすだけなら商人でもできる。武士がおこなう以上、精神的な支柱が必要だ」

と考えた。それが、かれがここ二、三日間に経験した、

「ここにできた小さな幕府とそこに巣食う小役人たちの根性」を一挙に叩き直すような事業を興そうということである。パリでみてきた〝公共事業〟の日本への移植だ。それを〝和魂洋才《わこんようさい》（芸）〟の精神を発揮して日本流にアレンジしようと企てた。そのアレンジがいま口にした、

「論語とソロバンの一致」

という象徴的な考えかたであった。

直接栄一にそういう気を起こさせたのは、ここへきてからの藩役人たちのかれに対する態度だった。したがって、憤《いきどお》りが動機になっている。が栄一は、

（この動機は、けっして私憤ではない。むしろ義憤だ。公憤だ）

と思っていた。かれが自分の怒りを公《おおやけ》の憤りだと思うゆえんは、

「前公をないがしろにし、新政府の鼻息を窺うのに汲々《きゅうきゅう》として、徳川武士のあるべき精神を忘れてしまった情けない存在を、もう一度叩き直して、原点に戻してやる。しかしそれには、生活苦にあえぐ武士たちから、まず生活の不安をとりのぞかなければならない」

という意気であった。

複雑な七十万石の実態

しかし、だからといって事はそう単純ではない。理想が高ければ高いほどその実現はむずかしい。そして新しい事業の成否はまず現状をどうとらえるかによってきまる。渋沢栄一の気概を認めながらも大久保忠寛は自分のみたこの地方の状況を話した。

「この地方は、かつて神君《しんくん》家康公が治められた地域だ。家康公がおられたころは、駿河《するが》・遠江《とおとうみ》・三河《みかわ》・甲斐《かい》・信濃《しなの》の五州だったが、そのころの気風とは天と地の差がある。いまはひじょうに複雑になっている。たとえば、尾張徳川家は藩祖義直《よしなお》公のときから代々尊皇精神を持ち、先般の大乱に当たっても尾張徳川家は最初から勤皇側についていた。だから駿《すん》・遠《えん》・三《さん》各州の小大名たちに対して天皇にお味方するようにという勤皇請書《うけしょ》を蒔いた。各大名家の論は真っ二つに分かれたが、結局は尾張徳川家の申し出を受けて勤皇請書を朝廷にさし出した。また町や村でもこの際天皇にお味方しようということで、自発的に農兵隊などを組織した者もいる。これらの自発的な隊は、東征軍の供をして江戸に入った。彰義隊《しょうぎたい》攻撃などにも加わっている。さらに東北戦争にも参加した。

この連中が凱旋《がいせん》者として地域に戻ってきた。ところが新政府は五州のうち、駿河・遠江・三河の三州を徳川家に新しく与えることにした。そうなるといままで領地を持っていた大名は全部国替えを命ぜられる。動揺が起こるのは当然だ。おそらく国替えを命ぜられた大名たちは、新しくやってきたわが徳川家を恨《うら》んだに違いない。農民は移住を許されないが、武士の中でも新領地に赴くことを拒んでそのまま土着した者もいる。領主についていった商人もいればそのまま残った商人もいる。いってみれば古い領主を慕っている住民がたくさん残っている。

おまえは徳川武士の精神をどこへ失ったのだなどと息巻いているそうだが、そんな単純な状況ではない。第一家達さまが新藩主としてここにこられたときは、家臣の数はわずか百人ぐらいだった。それがいまは数千人にふくれ上がっている。徳川家が駿・遠・三の三州で存続したということをききつけ、旧徳川家の家臣たちが次次と押しかけてくる。しかし給与を出せない。かれらは無禄《むろく》でもいいからとにかくご当主のおそばに住まわせてくれということで、いまこの町にはこういう失業武士が溢《あふ》れている。かれらの生活をどうするか、じつに頭が痛い。そこでだ、おまえも前公のお考えによってここに残るのだから、どうか失業武士のくらしを立てるような良法を考えて欲しい。しかし、簡単にはいかないぞ。いま話したような状況が複雑にからみ合っているからだ。先住の住民たちの感情がもつれている。われわれはいってみれば招かれざる割り込み者なのだ。このへんを勘案しながら折りあえるような道を探して欲しいのだ」

そんな話をする大久保忠寛は疲れ切っていた。さっきみた頼もしさがいつの間にか消えている。栄一は胸を打たれた。

いわれてみればそのとおりだ。徳川家に対し新政府が、

「駿河・遠江・三河で七十万石与える」

といっても、そういう紙一枚の辞令で片がつくようなものではない。大久保が指摘したようにこの地方にはたくさんの小大名がいた。その領地を全部取り上げられて、

「替地をやるから他へいけ」

といわれたら当然怒る。新しくくる徳川家に対し憎しみの念を持つだろう。ましてや最後の将軍徳川慶喜が大政を返上してしまったために大名たちは、

「明日からどうして生きていけばいいのだ」

と大混乱に陥《おちい》った。

大政を返上した慶喜は徳川家から籍を外された。いまは新当主となった家達家の居候《いそうろう》となって宝台院《ほうだいいん》という寺に住んでいる。血気さかんな武士たちは、ひそかに、

「あれほどの大失態をおこなっておきながら、慶喜公はなぜ腹をお切りにならないのだ?」

とささやき合っている。

渋沢栄一は宿へ戻ると、考えこんだ。

「藩の財政運営では、論語とソロバンを一致させる」と大見得《おおみえ》を切ったが、

「それは容易ではない」

ということはよくわかった。大久保はそういう収拾策に日夜追われていて渋沢栄一の、

「一日も早く水戸へいきたい」

という問題についても、気にはしつつもそれだけに向き合っているわけにはいかなかったのだ。

(おれは少し、極楽トンボかな)

栄一は改めて自分の楽天性を反省した。そこで栄一は、

「とにかく現状認識のために現場をみよう」

と心を定めた。

翌日から栄一は新徳川家の領内を積極的に歩きはじめた。大久保のいった、

「もつれ」

が所々に起こっていた。

徳川氏がこの地方で貰った領地を確保するために、新政府は次のような替地をおこなった。

沼津藩水野《みずの》家を上総《かずさ》国菊間《きくま》へ
小島藩滝脇《たきわき》家を上総国桜井《さくらい》へ
田中藩本多《ほんだ》家を安房《あわ》国長尾《ながお》へ
相良《さがら》藩田沼《たぬま》家を上総国小久保《こくぼ》へ
掛川《かけがわ》藩太田《おおた》家を上総国芝山《しばやま》へ
横須賀藩西尾《にしお》家を安房国花房《はなふさ》へ
浜松藩井上《いのうえ》家を上総国鶴舞《つるまい》へ

ほとんどが上総国と安房国に移封されている。どっちが豊かであるかは一概にはいえないが、しかし穏やかな海に面し、しかも美しい川が流れ奥地には山が控える、いってみれば、

「山・川・海」の天然の果実を摂取できるこの地方から、土臭い上総・安房の地に追われるということは、どの大名家も不満であったに違いない。移された大名家の怨念がそれぞれの地域にそのまましみついている。

移封時に大名が苦労するのはかならず前領主を慕う住民の、
「民心の慰撫《いぶ》」
である。これがうまくいかないとかならず一揆が起こる。もちろん前領主が過酷な性格で年貢の増徴ばかりおこなっていたときにはそんなことはないかもしれないが、この地方の小大名はかなり善政を布《し》いていてほとんどが慕われていた。

天正十八年（一五九〇）のむかしに徳川幕府の始祖家康は、豊臣秀吉から旧北条《ほうじょう》領を貰った。貰ったというのは体《てい》のいいい方で、じつをいえばそれまでの駿・遠・三・甲・信の領国を逆に奪い取られたのである。

江戸に拠点を定めた家康がもっとも苦労したのが、旧北条領に住んでいた住民たちの、
「北条家を慕う心をいかに徳川家に向け替えさせるか」
ということであった。

これは後年勝海舟が語ったように、

「神君徳川家康公は旧北条領の民心慰撫にひとかたならぬご苦労をなされた。それは北条氏の政治が民に温かくいき届いていたので、北条氏を慕う心が強くいつまでも徳川氏に懐《なつ》かなかったからである。そのために家康公は、自身はもちろんのこと家臣全員にこれら民心を徳川家に向けさせることに特段の努力をされたのである」

それがいまや逆になった。かつて徳川家が領主であった駿・遠・三の三州にやってきて、二百六十年の間に、すっかり忘れてしまった、

「徳川家への忠誠心」

を、新たに徳川家達を当主とする新藩が求めなければならない結果になった。

徳川家達とともに駿府入りをした百人程度の武士たちは、それぞれ新しい藩庁に職を得て多少の給与は貰えた。が、遅れてやってきた旧徳川家臣団には、職も仕事もないから給与が渡されない。かれらは、

「無役無給で結構ですからここにおいてください」

とはいったが住む所がない。

百人の役人たちも寺や神社を仮の住まいとして借用していた。

大久保忠寛は、

「この土地は、いま失業武士で溢れている」

といったが市内で収容しきれる人数ではない。いきおい、旧徳川武士たちはそれ

それの領主が関東へ移封された後の沼津、小島、田中、相良、掛川、横須賀、浜松などの領地に散っていった。しかしなにをして生きていっていいかわからない。ジリジリと手持ちの金もなくなる。家族は家長に、

「どうやってくらしを立てるのですか？　子供に何も食べさせることができなくて」

と、一家の当主としての責任を迫る。武士たちは頭を抱えた。

「うるさい！」

と怒鳴るだけでだれも救いの手は伸ばしてくれない。

一言でいえば、渋沢栄一はとんでもない状況に巻きこまれたのである。ふつうの人間だったら、

「故郷の血洗島《ちあらいじま》に戻って農業の仕事でもやったほうが安泰だ」

と思う。が、栄一は違った。かれは農家の出身ではあったが不思議なことに、

「士魂《しこん》」

が旺盛だった。いつも燃えたぎっていた。とくに、

「弱い者や苦しんでいる者」

を目前にすると心の中に火の塊《かたまり》が湧く。それが燃えさかる。そして、

「なんとかしてやらなければいけない」

という責務感が湧いてくる。いまがそうだった。

かれは根っからのヒューマニストだった。

討幕に参加した連中もいる

大久保忠寛がいったもうひとつの厄介事《やっかいごと》である、

「尾張徳川家が蒔いた勤皇請書《うけしょ》の影響が、大名家だけでなく地域の町民や農民の中にも浸透した」

ということが、さらに地域の状況を複雑にしていた。

東征軍に同行して江戸から東北戦争を経験した自発的な諸隊は、やがて勝利者として凱旋してきた。

しかし新政府はこれら諸隊に対し、

「ただちに解散・帰農」

を命じた。農民以外はかつての生業に戻ることを命じた。利用するだけしてあとはご用済みだった。

幕末維新のときに結成された諸隊はこの地域だけではない。日本全国にまたがっている。結成の理由を、

「国学の影響を受けた」

としている。確かにそういう面もあった。開国によって諸物価が一度に高騰したために、

「こんなことになったのもすべて徳川幕府の責任だ」

という〝反幕思想〟が農庶民の間に湧いたことも確かだ。

しかし東征軍に同行して、

「江戸城を攻撃し将軍を殺そう」

という意図に燃えた諸隊結成の動機がすべて、

「国学を学んだため」

ということはできない。

渋沢栄一は精力的に地域を歩きまわっているうちに、

「それぞれの隊にそれぞれの理由がある」

ということを知った。

駿・遠二州周辺で結成された諸隊は遠州報国隊《ほうこく》、駿州赤心隊《せきしん》、伊豆伊吹隊《いぶき》、駿東赤心隊などである。

遠州報国隊はたしかに賀茂真淵《かものまぶち》の古学の伝統をひく国学者や、平田篤胤《ひらたあつたね》の学説を信奉する国学者たちが中心になっていた。したがってかれらの教えに共鳴する神社

の神主や神官が主導者になっている。これにその思想に共鳴する商人が資金を提供していた。

　しかし駿州赤心隊の主導者であった富士亦八郎《ふじまたはちろう》の考えは違っていた。かれは逆に、

「国学など学んできたから、わが家の家風が文弱に流れたのだ」

　と逆に国学を否定する立場に立っていた。かれは、

「いまの世界情勢で日本は取り残されている。日本人が国際社会の一員として生きていくためには、もっと海防問題に関心を持たなければだめだ。それにはこの国で国民の言論の自由が確保されなければならない。言論の自由を確保するには、『由《よ》らしむべし・知らしむべからず』という言論統制をおこなっている徳川幕府を倒すべきだ」

　と考え、討幕の軍を起こしたという。

　このことを知った栄一は自分のことのように富士亦八郎の思想に共鳴した。渋沢栄一もかつて、

「身分などによっていいたいこともいえないような世の中ではこの国は良くならない。徳川幕府ももっと改良されるべきだ」

　と考えて、主人の徳川慶喜が最後の将軍になったことを大いに歓迎した。が、結

果はそうはいかなかった。

伊豆伊吹隊の結成の動機は幕府の宗教政策に対する不満が根にあった。

また遠州報国隊や駿州赤心隊に加盟した中に茶商人がいた。これらの商人は何度も徳川幕府に対し、

「かつての茶商株仲間を復活していただきたい」

と願い出ていたが幕府はこれを蹴った。

その恨みで、

「幕府を倒して茶株仲間を認めてくれる新政府に協力しよう」

と考えたのである。新政府が果たして茶株仲間を復活するかどうかという見極めもしないで、ただ積年の恨みからそういう行動に出た。

また、けっこう郷士も参加している。これは幕府や領主が郷士の特権を否定し一般農民並の扱いしかしなくなったので、これに不満を持っていたからである。

調べれば調べるほど、徳川幕府を倒す軍勢の中にもいろいろと複雑な動機を持った軍隊が存在したことがわかった。栄一は暗澹《あんたん》たる気持ちになった。

そんなことは何も知らないで、ただパリで昭武の世話をしながら恵まれた留学生活を送っていた自分が、結局は、

「現場にいないための認識不足」

に陥っていることを、いまになって嫌というほど知らされたのだ。

「しかし、こういう状況をそのまま認めてその一つひとつに細かく対応しながら事をすすめるには時間がかかりすぎる」

と判断した。栄一は、

「こういう状況を、一挙に解決するような大きなつむじ風を起こす必要がある」

と思った。ではそのつむじ風とは何か。

駿河国と遠江国をひとめぐりして大久保忠寛のいう、

「実状の認識」

を深めた栄一は再び駿府に戻ってきた。

失業武士の救済を志《こころざし》に

栄一が留守にしている間にひとつの事件が起こっていた。新政府が発行した、

「太政官札《だじょうかんさつ》の各藩への貸し付け」

である。

新しい領地内をひとあたり巡ってきた渋沢栄一に中老の大久保忠寛はもう一度、

「勘定組頭を務めて欲しい」

といった。栄一は首を横に振った。かれは心を定めていた。新しい領地内に巣食っている古い拘《こだわ》りやわだかまりだけでなく、入りこんできた旧徳川家臣団のあまりにも悲惨なくらしを目《ま》のあたりにしてきたからである。栄一はいった。

「旧徳川家臣団でひとりたりとも給与を受けられぬ者がいる限り、私は俸禄をいただくわけにはまいりません。またお役をいただいてしまうと思うような仕事ができません。一介の市人《しじん》として仕事をさせていただきとうございます」

「やはり役につくのはだめか」

「はい」

「わかった。では好きにしてくれ。ただし、仕事だけは頼む」

「かしこまりました。精魂こめてさせていただきます」

このころの自分の心境について、後年渋沢栄一は次のように語っている。

「自分がこの際この地へ移住しようと覚悟したのは全く世を捨てて前公の傍《そば》に安居を謀《はか》った訳である。然るに今当職を奉ずる時は、即《すなわ》ち禄に仕えるものとなるのである。既に世は皇政更始《こうせいこうし》となったから、この藩制とてもまた永久不易《えいきゅうふえき》とは期することは出来ぬであろう。それを今日《こんにち》、この藩庁に奉職してその務めに拮据《きっきょ》すればとて、その効能は極めて薄弱なことであるし、又仮令《たとえ》この藩に用いられて要路の人となったとて、それで素志《そし》に協《かな》ったともいいがたいから、寧《むし》ろ農商の業《ぎょう》に従事して、平穏に残生《ざんせい》を送る方が安全であると観念した故《ゆえ》でありました」

このことばによれば栄一は、

・自分がこの土地に居住を決めたのは、あくまでも前公（慶喜）のそばにいたいがためであった。

・しかし、藩庁からの役職を断ったのはいまさら禄に仕えたくはないからだ。

・だが、別な考え方もある。それは、すでに幕府が倒れて新政府ができた以上、新政府は今後どういう政策を出してくるかわからない。その限りにおいては、いまの藩もそのままいつまでも続くとは思えない。そんなときに藩の職員になっていたのでは、その後の身の振り方が窮屈になる。それには自分のフリーハンドをいまから確保しておく必要がある。

・また、藩に用いられて出世をしたとしても、それが自分の志にかなったものとはいいがたい。

・それならむしろ農業・商業に従事して、平穏無事に残りの人生を送ったほうがいい。

こういう意味だが、しかしこのことばにも多少のウソがあるだろう。栄一はけっして、

「農業・商業に従事して、安穏に残りの人生を送りたい」

などとは考えていなかった。かれにはもっと、

「青雲《せいうん》の志」

があった。その青雲の志がなんであるか、この時の栄一の中ではまだもやもやしていて、一種のカオス状況にある。それがはっきりした形を示してくるのは、かれがこの直後に任される、

「政府貸し付けの太政官札の使い方」

を経験してからである。

おそらくかれは、藩の実態をみて一種の〝絶望感〟を抱いたのではなかろうか。

「こんなはずではなかった」

という印象と同時に、

「なぜこんなことになってしまったのか」

というういいようのない憤りだ。つまり、身を小さく小さく縮めてひたすら新政府の鼻息を窺うような情けない存在になり果てた徳川武士団の姿に絶望したのだ。

いまの旧徳川武士団は、

「小さく、小さくなあ～れ。上をみずに下だけをみろ」

という情けない処世法を身につけている。

（こんな藩では、どんなに出世してみても、結局は新政府の要人の鼻息を窺って生

き続けなければならない。そんなくらしはまっぴらだ）
というのが掛け値のない渋沢栄一の気持ちであった。しかしかれはあたらしい領国内をみてまわったのち、
「なんとしても失業武士たちだけは救わなければならない」
と決意していた。

日本ではじめてのお札

新政府は、

「このたび発行の太政官札は、列藩石高《こくだか》に応じ一万石につき一万両ずつ拝借仰せ付けらる」

と告げて、全大名家に太政官札を貸し付けた。

太政官札というのは、いまでいえば、

「政府発行の紙幣」

である。この太政官札を各大名家に貸し付けた目的は、

「これを資金として、各藩が殖産興業をはかり利益を得て十三年に亘《わた》って返納する」

というものであった。しかし、

「金札の交換はおこなわれない。この返納はかならず太政官札によること」

と定められていた。

その使途についても、

・物産を取り立て、国益を興すよう心がけること。

・それぞれの藩の役場において、みだりに使いこんではならない。

・商人などが借用を願った場合は、取り扱う物産高に応じて貸し渡すべきこと。

・諸国裁判所をはじめ、諸侯領地内の農商へも、身元の厚薄によって金高を貸し渡し、返納の場合は年々相当の元利をさし出させること。

などと細部まで指定していた。

この案によれば、新政府が考えたのは、

・各藩がばらばらに発行している藩札を整理し、政府が発行した貨幣によって日本全国の貨幣制度を統一したいこと。つまり政府が発行した太政官札以外の貨幣使用を認めない。

・政府が発行した太政官札の使い途《みち》は、主として各藩の殖産興業に充《あ》てるが、場合によっては商人などに貸し付けてもよいこと。その場合は利子を取ること。

ということである。こうなると、それを扱う役所はいまでいえば、

「農業協同組合と銀行の役割」

を果たすことになる。現在のＪＡ（農業協同組合）はすでに金融機関の一翼も担い、これがまたいろいろと問題を起こしたわけだが、しかし明治元年にはこんな発想はどこにもなかった。金融はほとんど大商人が商売の片手間におこなっていたのであって、これが、

『両替商』

に発達してきたのは江戸中期以降のことだろう。

太政官というのは当時の政府の呼称であって、これは古代律令政府においてつけられた呼び方だ。徳川幕府が滅びたのち、政府は、

『王政復古（王政の古《いにしえ》にかえる）』

という大号令を出していた。したがって古めかしい『太政官』などという政体名を再び持ち出したのであった。

しかし、この、

「太政官札の発行」

は、

・政府の財政危機を救う。

・同時に政府発行の貨幣を全国的に流通させる。

という大きな目的をも果たすと同時に、

「日本各地の産業を振興する」

という副次的な目的も持っていた。じつに巧妙な手である。しかも、

「金札の交換はおこなわない」

ということは、

「従来の幕府発行の金札や藩発行の藩札などの間に起こった交換率の混乱」

をいっさい排除しようという考えであった。

由利公正の士魂商才

この太政官札発行の案を政府に出し同時に実行したのは、越前《えちぜん》藩出身で現在新政府の徴士《ちようし》・参与《さんよ》で、『御用金穀《きんこく》取扱方』のポストにあった三岡八郎《みつおかはちろう》であった。三岡はのちに由利公正《ゆりきみまさ》と改名する。

かれは、越前藩士の時代に、すでに前藩主の松平春嶽《まつだいらしゆんがく》が招いた肥後《ひご》熊本《くまもと》の学者横井小楠《よこいしようなん》の教えと、実務に明るい坂本龍馬《さかもとりようま》の知恵を借りて、

「越前藩札の発行による藩富」

を実現していた。

横井小楠の教えは、

「日本国には日本国の道が、藩には藩の道がなければならない。道というのは人の道である。しかし、貨幣経済が進行しているいま、武士はいたずらに米の生産にだけ目を向け、これを経済の基本とするような考えは改めなければならない。すでに貨幣は流通している。この貨幣流通を頭においた殖産興業政策を考えるべきだ。それには藩内の物資の消費だけを考えてもだめで、藩外への輸出を考えなければならない。藩外への輸出は他藩に対してこれをおこなうだけではなく、外国に対してもおこなうべきだ。そしてその資金は藩札の発行をもって充てるべきである」

という、画期的な考えを示した。小楠が教えたのは、

「大名家の商社化と武士の商人化」

である。しかし、

『士農工商』

という制度は、徳川幕藩体制を二百六十年間支えてきた大きな柱だ。この中で商人は一番劣位に置かれている。そこで小楠は、

「武士が商人になり大名家が商社になっても、武士たる誇りと道を忘れてはならない。つまり、武士道を忘れずに商人の才幹を取り入れるべきだ」

という、

『士魂商才』

の道を説いたのである。

この思想は渋沢栄一の考えとおなじだ。栄一はパリでいろいろな公共事業とくに福祉事業が日本のように、

「お上《かみ》が与えてやる」

というような施与的な施策でないことを知った。受け手が「人間の権利」として、ヒケめを感ずることなく受けとっている。それは提供する側に深い人間愛があり、たまたま生きるうえでの条件がととのわなかった存在に、社会が資金を出しあって〝助けあい〟をおこなっている、と思えた。ヨーロッパの社会事業の底にあるのも、孔子《こうし》の説く人間愛であった。渋沢栄一はのちに日本最初の銀行をつくるが、その頭取になったときに、

「銀行業務はソロバンと論語を一致させなければならない」

と告げた。論語というのは孔子が弟子と交わした問答集であって、

『人の道』

を説いている。かれは、

「銀行業務はもちろんソロバン勘定によって成立しているが、単なるソロバン勘定だけで終始してはならない。その土台に人の道がなければならない」

と、

「利益追求と人間の道との融合」

を説いたのである。

これもまた、

『士魂商才』

の実現だといっていいだろう。

これはパリで見聞きした社会事業のありかたからまなんだ、栄一流の、

「和魂洋才」

の実現であった。

由利公正は新政府から、

『御用金穀取扱方』

を命ぜられて京都の太政官第《だい》に出仕した。このときかれは政府の資金のなさに呆れた。すぐ京都の町人たちに、

「新政府に献金してくれ」

と頼んで歩いた。しかし京都の大きな商人たちはまだ新政府の実力を疑っていた。

「新政府などという怪しげな政体はすぐ潰《つぶ》れて、もう一度公方《くぼう》さま（将軍のこと）

が政権をお取りになるのではないか」

と考えていた。だから三岡の話にはすぐ乗らなかった。

最初に三岡の話に乗って、

「これをお使いください」

といって、油だらけの前垂れの下から三百両の大金を出したのは、市内のうなぎ屋の主人だったという。これに次いで文房具店の鳩居堂《きゆうきよどう》の主人が、

「どうぞお使いください」

といって多額の献金をした。これが呼び水となって大きな商家が次々と献金をしはじめたという。

三岡八郎には天性の、

「金集めの才能」

があったようだ。

しかし三岡八郎は単なる〝金集めの名人〟だったわけではない。横井小楠や坂本龍馬の知恵を借りることによって、かれはすでに、

『越前藩の財政再建』

に見事な実績を示していた。

大名の商社化

幕末の越前藩はご多分にもれず他の大名家と同様に財政難に陥っていた。これは徳川幕府や各大名家の予算の単位や武士の給与額の単位が、すべて、『石《こく》』

という表示によっておこなわれたことに関係している。この『石』を単位とする財政の考え方は、

「米価を安定させれば他の物価も統制できる」

という、俗にいう〝米経済〟に基づいている。

しかし当時の藩（大名家）は現在でいえば、

『完全な十割自治』

である。現在の地方自治体に対する政府からの地方交付税や国庫補助金のようなものはない。

「その藩がおこなう行政の費用は、すべて藩内でできる産品を他に売ることによって得なければならない」

という、

『自給自足』

あるいは、

『自前の財源調達』

を求められていた。そうなると、当然、

「藩内でできる産品に付加価値を加えてこれを高く他に輸出する」

ということがおこなわれる。ということは、農村にマーケットが存在し商人が次次と乗りこんでいたことを物語る。あるいは、

『在郷商人』

も活躍する。商人たちが使うのは金《かね》だ。したがって藩の十割自治は必然的に、

「商人による金の流通」

を活発にしていた。いってみれば、

「武士階級が米経済に拘っても、農民や庶民や商人はすでに貨幣経済の流通によって生きている」

ということが起こっていた。

渋沢栄一や三岡八郎（由利公正）は、

「徳川幕府が倒れ明治維新が成立したのは、かならずしも政治的な理由だけではない。むしろ経済的な理由のほうが大きいのではないか」

と思った。つまり、

「貨幣経済の進行を軽くみて、これに的確な対応策を立てなかった武士階級の敗退だ」

ということになる。その意味では、いち早く、

「大名家を商社化し武士を商人化した」

三岡八郎の功績は、

「先見性《せんけん》に満ちあふれたもの」

として、幕末維新史では特筆すべきことだ。渋沢栄一はこの三岡八郎の考え方を、パリ仕込みの才覚でかれなりにここで実行する。

貨幣経済と米経済の矛盾に気づいても、

『士農工商』

という身分制に拘る武士は改良策を考えても実行できない。つまり、

「武士は政治をおこない、農民は米その他の農作物を生産する。工すなわち職人・技術者は、人間生活に必要な工具を生産する。しかし商人は自らはなにも生産しない。他人が生産したものをただ動かすだけで利益を得る不届きな存在だ」

という中国の儒教からきた職業蔑視の観念に基づいて、商人を社会の一番劣位に置いていた。これがいってみれば、

「幕藩体制を保つ秩序」

になっていたから、三岡八郎のように率先して、

「大名家の商社化、武士の商人化」

などという発想に乗るわけにはいかない。したがって財政難に対する策はほとんどが、

「勤倹節約を旨とする」

という消極的なものに終始していた。

越前藩の環日本海構想

三岡八郎が横井小楠や坂本龍馬から知恵をつけられるまでの越前藩の状況は他藩と同じだった。越前藩もまた、

『緊縮政策』

をとっていた。

越前藩には藩主のブレーンとして橋本左内《はしもとさない》という若い医者がいた。橋本左内はいまでいえば、

「グローカリズム（グローバルにものをみて、ローカルに生きる）」

という発想の持ち主である。つまり、

・世界はいまどう変わっているのか。

・これに対し、日本の主権政府である幕府はどう対応しているのか、さらに各大名家はどう対応しているのか、わが越前藩はどう対応しているのか。

ということを克明に分析し、その中から、

「越前藩のめざすべき道」

を模索していた、

「開明的な政治家」

のひとりであった。橋本左内は横井小楠と同じ考えだった。つまり、

「世界には道のある国と道のない国がある。道のない国というのは、阿片《あへん》戦争などを起こしたイギリスを筆頭とする中国をいじめた列強だ。まだロシアのほうがましだ。日本はロシアと盟約を結びアメリカを先手として使いながら、道をおこなって国際的信用を確立すべきだ」

と〝日露同盟〟を考えていた。現在でいえば、

『環日本海構想』

である。現在の環日本海構想も、

「日本海に面する日本の各自治体と大陸側の諸国・諸都市が連盟して、お互いの発

展を考えよう」

という運動だ。この根は橋本左内の当時の構想にあったといってもいいだろう。橋本左内はそれほどすぐれた思想の持ち主であった。しかし藩主松平春嶽の命によって、

『一橋慶喜擁立運動』

のために京都へ入ってその工作に従事したため、大老井伊直弼《いいなおすけ》に睨《にら》まれてついに〝安政《あんせい》の大獄〟の難に遭《あ》い、首を切られてしまった。橋本左内も、

「越前藩は現在のような緊縮政策だけではけっして藩富は期待できない。藩富がなければ中央政界において堂々と自説を論ずることはできない。論陣を張るためにはやはり藩を富ますことが必要だ。それには貿易を主とすべきである」

と、ほとんど横井小楠や坂本龍馬と同じ考え方を発表していた。したがって三岡八郎は同じ藩の橋本左内にも大きな影響を受けた。とくに左内が刑死したのちはこの考えを貫《つらぬ》いていく。

三岡八郎は勘定奉行に自分の考えを告げ、ついに、

「五万両の藩札発行」

にこぎつけた。しかし藩札に対する一般の農商人の信頼度は薄い。

「あんなに大量な藩札を出されても、正貨との交換率はきっとひどいものになるに

違いない」

と思った。ところが三岡八郎が出した藩札は、ただ、

「藩庁と藩内商人との取引」

に使ったわけではない。かれは、

「藩札を基金にして藩内の生産物に付加価値を加え、他国に輸出するバネにしてもらいたい」

と、藩札の使用方法について従来にない新しい積極性を主張した。かれはわらじばきで精力的に各農村を説きまわって、その地域の実力者に、

「この藩札を借りて欲しい。そして産物の振興に役立てて欲しい。それによって利益が得られたら、藩に正札で返して欲しい」

と頼んで歩いた。これはかれが明治政府で発行した太政官札の使用方法とは違う。この時点では、

「藩の発行した藩札の返還には幕府の発行した正札を充てて欲しい」

といっている。

だから、

「おまえたちには藩札を貸し付けるが、返還は幕府発行の正札でおこなえ」

ということだ。これによって三岡八郎は藩の金庫に正札を集めようと企てたので

ある。

ふつうの商人なら、

「ばかばかしい。詐欺《さぎ》同様だ」

と思うだろう。ところが三岡八郎の誠実な態度に藩内の商人たちはみんな胸を打たれた。

「三岡さんは嘘をつかない。応じよう」

ということで藩札の中継ぎを引き受け、これを積極的に生産者に貸し付けた。

三岡八郎は、ただ金貸しだけに終始していたわけではない。

かれは安政五年（一八五八）十二月にたまたま横井小楠が熊本に戻るので同行した。下関《しものせき》にいって、長州藩がおこなっていた物産の集散状況や商取引の実態をつぶさに調べた。

翌安政六年三月には、今度は長崎にいって同地の唐物《からもの》商小曽根六郎《こそねろくろう》と昵懇《じっこん》になり、小曽根の尽力で同地〝浪の平《なみひら》〟に約一町歩の越前藩所有の土地を確保した。ここに、

『越前藩屋敷』

というのを建て、オランダ商館と日本産の生糸と醤油の取引契約を成立させた。

こういう段取りをおこなったのち、かれは、いよいよ、

『越前藩商事会社』

ともいうべき、

『藩の物産総会所』

を創設した。そしてこのときに、

「物産総会所が十分な機能を果たすためには、農村における自営農民、小商品生産者、在郷商人層などがおこなっている家内工業をさらに広範に展開させよう」

と考えた。そこで前に書いたように、越前藩内をわらじばきで駆けずりまわって、

「ぜひ藩札を活用して欲しい」

と、生産振興と藩札の活用等を説いてまわったのである。

商人の一部にはこの藩札を活用させて領内物産の集荷にもあたらせた。しかし一見、

『藩の直営事業』

とみえるようなこの仕事を、三岡は、

「可能なかぎり商人と生産者に任せよう」

と考えて、大まかな監督には藩の役人をひとり派遣するだけで、それも余計なことには口を出さぬようにし、

「会計のしめくくりだけを見届けろ」

と命じた。

これによっていままでになかった活気が生産地にみなぎった。この総会所が扱った特産品は、生糸、布、苧《からむし》（麻糸の一種）、木綿《もめん》、蚊帳地《かやじ》、茶、麻、藁工品《わらこうひん》（縄、ワラジ、ムシロなど）である。

三岡八郎は橋本左内や横井小楠の、

『環日本海構想』

の北の基点としてエゾを重視した。

「北の果てで求められる品物」

を調査した。いまでいえば、

「北の地域で求められるニーズのマーケティング」

をおこなったのである。とくにこの地方で求めているのが、

『藁工品』

だと知った。いままでの商人たちが北の国に運びこんだのは、主として米、衣類、酒類などである。それを三岡は藁工品に定めた。これがばか当たりに当たった。

初年度だけでエゾの松前《まつまえ》地方に持ちこんだ藁工品は、じつに二十万数千両の巨額

におよんだ。そして翌年には各地から集荷する物産を入れる倉庫が不足してしまった。

また一方、西の長崎のオランダ商会と取引をする越前蔵屋敷のほうも、生糸の売買だけで初年度中に二十五万ドル（約百万両）もの巨額の取引をおこなった。翌年にはじつに四十五万ドルに増え、醤油を加えると六十万ドルを超えた。

こうして文久《ぶんきゅう》二年（一八六二）ごろになると、総会所を通じて各地に輸出した物産の総額は三百万両に達した。しかもかれが最初頼んだように、

「藩札の返還は正札によっておこなってもらいたい」

と告げていたので、純利益としての正札の蓄積額が五十万両を超えた。藩財政は完全に立ち直っただけでなく多額の黒字を出したのである。

討幕雄藩の財テク法

討幕戦争の主力となったのは薩摩藩や長州藩だ。薩摩藩や長州藩も三岡八郎が越前藩でおこなった、

「大名家の商社化と武士の商人化」

を積極的におこなった。これには、

「武士の意識改革」

が大切だ。しかし口では簡単にいえてもなかなか実行できない。とくに上級武士ほど意識が固く、

「古いやり方に拘る」

という傾向が強い。その点、下級武士のほうは、

「失うものが少ない。あるいはまったくない」

という生活環境にいるから、簡単に意識を切り換えられる。

薩摩藩や長州藩は三岡八郎がおこなったのと同じような、

「藩富のための積極的な交易政策」

をおこなった。そして同時に、

「藩の名産品を次々と産む殖産興業政策」

をおこなった。薩摩藩でいえば黒砂糖がその主たるものであり、長州藩は俗に〝長州藩の三白《さんぱく》〟と呼ばれる紙・蠟《ろう》・塩などの製品を産出した。

薩摩藩、長州藩の両藩は、これらの産業振興によって得た利益で、

「藩軍の近代化」

をおこなった。その一環として坂本龍馬の海援隊《かいえんたい》を一種の密輸機関として使いながら、イギリス商人と結託して、イギリスから次々と新式の武器を輸入した。長州

藩は当時は元治元年（一八六四）の禁門への武力突入などによって、

『朝敵・逆賊』

の立場にあったから、おもて立って武器を輸入することはできない。

そこで坂本龍馬が仲介に入って、

「薩摩藩の名義によって、海援隊が輸入し、これを長州藩に渡す」

という方法を取った。薩摩藩と長州藩はのちに坂本龍馬の仲介によって、

『薩長同盟』

という軍事同盟を結ぶ。しかしこれは単に観念上の同盟ではない。武器の密輸や逆に長州藩の米を薩摩藩に売り渡すというような、

「実利的な同盟」

であった。その意味では坂本龍馬の海援隊はある意味では、

『死の商人』

とみられることもやむをえまい。

越前藩で自分たちの知恵を見事に結実させた三岡八郎の業績をみて、坂本龍馬が新政府要路に推薦した。

新政府は徳川慶喜の、

『大政奉還』

によって政権を得たものの、

「さて、どうやって日本の政治をおこなうか」

という混迷状況にあった。同時にまったく金がなかった。

「なにをおこなうのにも先立つものは金だ。しかしその先立つものがまったくない」

という状況である。

坂本龍馬は王政復古の大号令が出る直前の慶応三年（一八六七）十一月十五日に暗殺されてしまう。しかし、三岡八郎は政府の徴士・参与としてすでに新しい政治に参画し、財政面を担当していた。それが前に書いた、

「新政府のための寄付金集め」

だったのである。

さて、フランスから日本に戻ってきた渋沢栄一が、はたしてこの三岡八郎すなわち由利公正の財政面における輝かしい活動をどの程度まで知っていたかはわからない。

のちに由利公正と名を改めた三岡八郎は東京府知事になる。渋沢栄一も明治二年（一八六九）の暮には東京に呼ばれて、大蔵省の高級官僚になる。そんな縁《えん》でふたりが会ったことがあるかもしれない。が、明確な記録はない。

が、渋沢栄一が新政府の貸し付けた太政官札を活用して、

『藩富』

をはかろうとおこなった諸事業は、まさに三岡八郎が越前藩でおこなったことと同じだ。

両者の考えが、偶然一致したのか、それとも渋沢栄一が三岡八郎の残した事蹟をどこかで知ったのか、そのへんは確かめようがない。しかし渋沢栄一の、
・合本（株式）とバンク（銀行）の日本への導入
・合本による公共事業と社会事業の推進
の動機は、あくまでもかれがパリでまなんだ、

「人間愛にもとづく助けあい」

を基本にしていたことはたしかである。そういういいかたがゆるされれば、

「人間がカネをうごかす」

ということであった。

栄一の構想

渋沢栄一は、

「藩に対する太政官札の貸し付け」の事実を知るとすぐ勘定所にいった。そして勘定頭の平岡準蔵《ひらおかじゅんぞう》（正しくは準）に会った。

平岡は旧徳川家の家臣で、幕末には越中守《えっちゅうのかみ》とか和泉守《いずみのかみ》とか称した。京都で歩兵《ほへい》頭《がしら》を務めた。のちに大坂西町奉行に転出し、目付になり、外国奉行や勘定奉行も務めている。

一時期、栄一は幕府の陸軍奉行支配調役《しらべやく》を務めたことがあったので、平岡はいわば上役的立場にあった。よく知っていた。

いまは平岡が藩の財政運営の責任者になっている。そこで栄一は平岡にきいた。

「当藩には、現在太政官札はどのくらい貸し付けられておりますか？」

「五十余万両だ」

新政府の財政担当官である三岡八郎が考えたのは、

「藩への太政官札貸し付けは一万石について一万両とする」

ということだったので、七十万石のこの藩に対しては七十万両の貸し付けがおこなわれることになっていた。そのうちすでに五十余万両が貸し付けられているという。

「その太政官札はいまどこに？」

「藩の金庫にしまってある」

「どんな使い方をなさるおつもりですか？」

「当面は藩の行政運営の資金と、次々と藩地に入りこんでくる旧徳川家の武士たちの救済に充てたいと思っている」

「それではすぐなくなりますな」

「ああ、そういうことになる」

「そうなると十三年賦で返さなければいけない返済金の出場《でば》がなくなりますね」

「それで頭を痛めている」

「いかがでしょうか」

栄一は自分で考えてきた、

「太政官札の活用法」

のメモをさし出した。平岡に渡すと平岡はとびつくように読みはじめた。

それを見据《みす》えながら、栄一はいった。

「まず私の話をおききください。そしてのちほどその書き付けをご覧いただければ幸いです」

「うむ」

平岡が名残り惜しそうにメモから目を離してチラリと上目づかいに栄一をみた。

平岡は直感で、

（渋沢の書いてきた書き付けには、自分が悩んでいることの解決策がある）

とたちまちみてとった。幕府の勘定奉行まで務めたくらいだから、平岡の経済感覚も鋭い。平岡にすれば、渋沢栄一の書き付けをすぐにでも読んでその妙策を知りたかったに違いない。ところが栄一のほうはそうはさせなかった。

「まず自分の話をききなさい」

と強要した。やむを得ず平岡は書き付けを丁寧にたたむと、

「伺おう」

と居住まいを正した。

栄一は話しはじめた。

「このたび新政府から貸し付けられた五十万両の太政官札も、さきほど平岡さまがおっしゃったような使い方をしていたのでは、すぐなくなってしまいます。そしてまた旧幕臣の流入は今後も続くでありましょう。そうなると、たとえが悪うございますが、ザルで水をすくうようなものでございます。また旧徳川家の当主が束ねるこの藩が、政府から借りた太政官札を一文も返済できなかったとあっては当藩の面《めん》目《ぼく》にも関わります。

私が思いますところ、王政復古の実があがったいま、おそらくこの国はまもなく

西欧に準じた郡県政治になることは当然のことだと思います。郡県政治になった暁《あかつき》には、この藩は新しく興された藩でありますゆえに蓄積した余財がまったくありません。のみならず、現在すでに窮乏の極に達しております。旧徳川家は政治上の破産をいたしました。それがまた財政上の破綻《はたん》をするにおよんでは、なんともいうべきことばがありません。したがって、これはただいまから予防する必要があると思われます」

ここでいったんことばを切る栄一をみて、平岡はうなずいた。

「おぬしの話はよくわかる。しかし、その予防策とはいったいどういうことなのだ？」

「政府から拝借した太政官札をもって、藩に別途の会計を立てることであります」

「別途の会計？」

「はい。藩の一般会計に組み入れずに、この太政官札を基本に藩内の殖産興業をはかるための会計を立てることでございます」

栄一の見通す新日本

平岡準蔵は眉を寄せた。

「太政官札で別途会計を立てるというのか？」

「そうです」

「なんのために？」

平岡になんのためにといわれて、渋沢栄一はこれからが自分のほんとうにいいたいことだと居住まいを正し、力を込めて語りはじめた。

「はっきりいえば、太政官札を基本にこの地方の殖産興業をはかりたいということです。そして、そのことが日本全体の模範になればと願うからです」

「それはまた随分と大げさな話だな」

平岡は苦笑した。しかし栄一は笑わない。真顔でいった。

「つまり、太政官札を基金にして殖産興業をはかり、それによって得た益金を返済金に充てるということです」

太政官札は新政府が発行したいわば『新通貨』といってよく、発想は越前藩出身の財政担当官由利公正（三岡八郎）だった。由利は横井小楠や坂本龍馬と親しく、その経済理論を信奉していた。したがってかれが考えた『太政官札』という金券は、

「日本全国の通貨を統一したい」

ということがひとつと、

「生《き》の金や銀でつくった貨幣には限界がある。紙幣をもってこれに替えるべきだ」

という新しい考え方によっていた。そこで現在一律に財政難に陥っている藩に対し貸し付けをおこない、そして、

「十三カ年賦で返済して貰いたい」

と告げた。基準は、

「高《たか》一万石について一万両とする」

ということだった。新徳川家は七十万石だったから、すでに五十万両以上の貸し付けがおこなわれた。どこの大名家でもこれを干天《かんてん》の慈雨《じう》ととらえ、生活困窮に陥っていた藩士や藩民の救済資金に充てた。ところが渋沢栄一は、

「そんなことをすればたちまち金はなくなってしまう。もっと有効な使い方をすべきです」

と告げて、

「太政官札を基金として産業振興をおこなう。そのために太政官札資金は会計を別途に立てるべきだ」

といい出した。たいへんなことだ。平岡準蔵は胸の中で、

(渋沢らしい発想だが、これは大問題になるぞ)

と案じた。しかし、平岡準蔵もこういう方面については関心が深いから、とにかく渋沢栄一の話を最後まできいてみようと緊張した。

渋沢は続ける。

「太政官札を産業振興の基金にするということは、たとえ小さな都市であっても相応の商人がおります。これに資金を貸して、その商業をいっそう盛んにすることはけっして難しくありません。もともと商売というものは、ひとりの力では盛んにすることはできません。西洋で私は〝共力合本法〟というのをみてまいりましたが、これを採用するのがもっとも急務であろうと思います。どんな小さな地方でも多少の合本（株式）はできるに相違ありませんから、今回の石高拝借金（太政官札）を基金にして、これをこの地方の資本と合同させ、できれば一個の商会を組み立てて売買貸借のことを取り扱えば、この地方の商況を一変することができると思います。大いに進歩の功を奏するでしょう。

それだけでなく、そういうきっかけをつくれば、自然と日本各地へ伝わって日本の商業にひとつの新生命を開く一端になると信じます。ぜひこの方法をご採用ください。この商会の監督はもとより平岡さまたち御勘定所の責任として、諸般の取り扱いを指揮せられるようになされ、その運営の要《かなめ》を私にお任せいただければたいへんにありがたい幸福です。そうしていただければ私はこの地方の商人の中で才幹のある人材を抜擢して、各部の事務を分担させるつもりです。協力同心して進歩の功を奏するように処理するつもりでございますので、ぜひ商会設立の許可をお与えくださるよう、どうか藩議でご議論いただきたいと存じます」

渋沢栄一のこの論は、かれの見通しである、

「王政復古になった以上は、日本はかならず郡県政治に変わります」

ということが前提になっている。

まだそれほど多くの人びとが、

「日本の政体は郡県制になる」

などといわないころだ。郡県制になるということはその前提として、当然、

『廃藩（大名家を廃する）』

がおこなわれなければならない。渋沢は勇気を持って平気でこういうことを口にするが、まだ藩にしがみついている武士たちにとって、これはたいへんなことだ。

「冗談じゃない！　藩がなくなってたまるか」

と憤激するだろうし、もっと古い考え方にしがみついている武士たちなら、

「藩がなくなるはずがない。藩は永遠だ」

と叫ぶ。渋沢栄一はそんな武士たちを腹の中で笑っている。

（時勢に遅れた古い連中だ）

と思っている。

栄一の卓越した情報力

渋沢栄一は、

「情報通であった」

といわれる。木村昌人《きむらまさと》氏の『渋沢栄一』（中公新書）では、渋沢栄一の情報に対する才能として、勝手な意訳をさせていただければ、
一　情報の収集力
二　情報分析の確かさ
三　情報を創造する
などにすぐれていたとする。

それはなによりも、

「渋沢栄一の情報収集へのあくなき努力である。別言すれば並外れた好奇心を持ち、情報収集のために労力を惜しまなかったことである」

としている。

二番目には、

「質の高い生きた情報に接するうちに、渋沢は情報に対する鋭い感覚を身につけて

いったのである。すなわちどの情報が正しく、また先見性に富むものか。かれは試行錯誤の中で情報を正しく判断できるようになったのである」

としている。そして、また、

「多くの人から情報を得るためには、まず人柄が良く信頼されると同時に、会っていて楽しい人でなければならないであろう」

としている。だから、

「いくら人柄が良くてもあまり無口な人では、話ははずまず相手から多くの情報は取れないであろう。反対に一方的に自分の話ばかりする人も、相手を辟易《へきえき》させるだけで、多くの情報は入ってこない。その点渋沢は、会話の名手であり、聞き上手でもあった。それに加え、明るい人柄でユーモアがあり、人々を安心させ、コミュニケーションが広がり入手する情報も豊富になったのである」

と分析している。そして、

「渋沢はすぐれた情報の発信者であった」

として、

「情報を組織化できる企業を設立させ、六百近くの社会事業に関わった経験から、彼自身が大量の情報を持ち、大局的見地から適切な情報交換する場を提供することができたのである。また情報提供の場として教育にも力を入れ、一橋《ひとつばし》大学や東京女学館の設立に資金を出した」

としている。そして、

「かれ自身の時代を先取りした広報活動」

の三つのポイントとして、

一　広報に対するビジョンを持っていた

二　必要なコストはいとわない

三　タイミングの良さ

があった。

しかし渋沢栄一がなぜこんなに情報に対して明るく、また正確な情報を得、的確な判断をし、とくに、

「先見力」

を持ち得たかといえば、なんといっても、

「人の和」

がずば抜けていたからだ。

幕末にかれが付き合った人の幅は広い。主人の一橋慶喜はもちろんのことだが、ほかにも西郷隆盛、大久保利通《としみち》、後藤象《ごとうしょう》二郎《じろう》など幅が広い。近藤勇《こんどういさみ》や土方歳三《ひじかたとしぞう》なども親しく付き合っている。

こういういわば、

「人と人とのつながりから得た情報」

が、かれに、

「この先、日本はどうなるのか」

と見通させる。

かれがいま平岡準蔵に対して、

「日本はかならず郡県制度になるのだから、それを見越して太政官札は単に藩士の救済資金などに使わないほうがいい。むしろ地域の資本を合同させて産業振興に用いるべきだ。返済はその益金からおこなえばいい」

といい切るのも、すでにかれは、

「日本政府の主導者たち」

が、これからなにをやるのか見当がついたからである。なぜ見当がついたかといえば、日本政府の主導者層に座を占めている西郷隆盛や大久保利通や木戸孝允、伊《い》藤博文《とうひろぶみ》などをよく知っていたからだ。かれらに接触することによって、

「かれらならおそらくこういうことをおこなうだろう」

という見通しを持っていたのである。だから渋沢栄一の、

「情報の確定」

は、単に、

「なにが」

という内容論ではなく、

「だれが」

といういわば、

「情報の発信者がだれか」

ということを見定めて、

「かれならこういうことをやるだろう」

という推定をするのである。これがほとんど当たる。

日本に郡県制が敷かれ、その前提としての『廃藩』がおこなわれるのは明治四年（一八七一）のことだ。いま渋沢が論議しているのは、明治元年の末から明治二年のはじめにかけてのことである。

渋沢栄一は武蔵国の農民の家に生まれ、藍《あい》の販売からスタートした。やがて高崎城を焼き討ちしようなどという過激な尊皇攘夷論者になり政治活動にとび込んだ。そして縁あって将軍後見職《こうけんしょく》一橋慶喜の家臣になった。やがて慶喜の弟昭武の供をしてパリの万国博覧会に出席し、そのまま留学した。その間に徳川幕府は倒れた。戻ってくると大政を奉還した徳川慶喜は逆賊の汚名を着たのちに許され、現在は市内の宝台院に謹慎している。

ここまでの栄一の転身ぶりをみていて、故郷に帰ってくるたびに身分の違う栄一について村の人びとはいろいろ噂をしたという。それは、

「変わり身の早さ」

ということだったろう。素朴な人びとは、

「渋沢栄一さんはいったいなにがやりたいのだろうか？」

と、生涯の目標に対する疑問を持ったに違いない。しかし栄一は平気だった。

「これがありのままの自分だ」

と自信を持っていた。それはかれが、

「得た情報を分析し、先の見通しを立て、その中で自分はどう生きるべきか」

ということをしっかり摑《つか》んでいたからである。

経済と人の道の一致

平岡準蔵に対して述べた意見の中で、栄一はすでにいくつかの提案をおこなっている。それは、

「太政官札を単に藩士の救済資金としない」

ということだけではない。
・太政官札を基金としながらも、この地方の商人たちの資金も合流させる
・この合流（合本）した資本を運用して会社をつくる
・会社の監督は藩庁がおこない、平岡準蔵がその総責任者になる
・その場合は、商会の運営の要は渋沢栄一に任せて欲しい
ということである。

渋沢栄一が、

「商会の運営の要は自分に任せて欲しい」

といっても、そこでかれは自分のために大儲けをしようなどという気はまったくない。かれは日本に資本主義を導入し、商工会議所をつくりさらに銀行を発足させたが、一貫して、

『自利利他の精神』

を貫いている。同時に有名な、

『ソロバンと論語の一致』

は口を酸《す》っぱくしていい続けたことだ。これらのいわば渋沢栄一における、

『経済理念』

のハシリはすべて駿府時代にある。そこで、この本のモチーフである、

『ソロバンと論語の一致』

ということばを理解するためにも、かれ自身が経済や実業に対して発言したことばを『渋沢栄一訓言集』（竜門社編・国書刊行会）の中から引用させて貰う（※一部読みやすいように文字を変えさせていただいた）。

「およそ経済上の事業を成就するに、最も適当にして最も有利なる仕方は合本法である。ゆえにすべての事業はこれに拠らなければ、真に国を富まし国を強くすることはできない。これ余が唯一の信条である。

維新以後、わが事業界における会社組織については、余は多少与《あずか》って力ありと信じている。当時《はか》わが国の事物をして、大いに進歩せしめんとするには、是非とも物質的進歩を図るよりほかに途はなかった。而《しこう》して物質的進歩を図るには、智識も必要であるが、資本が最も必要である。しかるにわが商工業社会のありさまはどうかというに、富の力が甚《はなは》だ微弱《びじゃく》にして、而《しこう》して微弱なるものが、個々に仕事をしておったから、とても海外諸外国の当業者と肩を比べることができない。ゆえに将来事業を経営するには、資本の合同が必要であると思って鋭意これを鼓吹《こすい》しここにはじめて会社制度というものが生まれ出て漸次に発達したのである」

「商工業は、例えば台所の米櫃《こめびつ》のごとく国家の基礎である。

一家の什器《じゅうき》中もっとも客の目につくは、床の掛物、甲冑《かっちゅう》、武器の置物、ないし書籍や、巻物や、屛風《びょうぶ》、襖《ふすま》などにて、これらは一国の政治外交に関する官吏または陸海軍の将校、あるいは教育に従事する人に似ている。農工商に尽力する人は、すこぶる質素で、さまで他の眼を牽《ひ》かぬけれども、もしも、一家にして、米櫃が乏しければ、他の飾り物も存し得ざるに至ろう。されば、一家に必要欠くべからざるは米櫃なるがごとく、国家の基礎は美麗なる装飾品にあらずして質素なる米櫃にあると言わねばならない」

「商業上の真意義は、自利利他である。個人の利益はすなわち国家の富にして、私利すなわち公益である。公益となるべきほどの私利でなければ真の私利とは言われない」

「世の中の事業は決して一人の力のみで成るものでない。必ずこれを導く人がある。従ってこれを遂《と》ぐる人があって、はじめてここにできあがるのである。古人曰《いわ》く『智者ハ事ヲ始メ、能者ハ述ブ、一人ニシテ成ルニ非《アラザ》ルナリ』と。よく事実を穿《うが》った言である」

「企業家に綿密周到なる注意の要あるは言うまでもない。左の件々のごときは最も大切の事である

其ノ事業ハ、果タシテ成立スベキヤ、否《イナ》ヤヲ探求スルコト。

個人ヲ利スルト共ニ、国家社会ヲ利スルヤ否ヤヲ究《キワ》ムルコト。

其ノ企業ガ時機ニ適合スルヤ否ヤヲ判断スルコト。

事業成立ノ暁《アカツキ》ニ於テ、其ノ経営ニ適当スル人物アルヤ、否ヤヲ考ウルコト」

「企業家において、まず第一に心すべきは、数の観念である。最も綿密に成算し、右から見ても左から見ても、間違いがないようでなければならない」

「事業を起こすにあたりては、協力者の人となりを明察せねばならない。協力者の不道徳、不信用ほど恐るべきものはない。迷惑のおよぶところは、一個人の上ばかりでなく、ために事務進行上に容易ならぬ事態を惹起《じやっき》することがある。かくのごときは事業家として、もっとも戒心すべきことである」

「個人の仕事でも会社の事業でも、天運よりは、人の和が大切である。人の和だにあらば、よし逆境に立っても成功するものである。ここにいう和とは、四つの要件を具備せねばならない。第一、志操《しそう》の堅実なること。第二、知識の豊富なること。第三、勉強心の旺盛なること。第四、忍耐力の強固なること。この四つを具備し、而して和を得れば天の時も地の利も、顧慮《こりょ》する要はなかろう」

「新創の企業だからといって、排斥すべきものでない。あまりに大事を取るときは、かえって好機を逸《いっ》することが往々ある」

「株主もしくは合資組織の会社は、あたかも一つの共和国の政府のようなものである。株主は国民で、選ばれて事に当たる重役は、大統領または国務大臣が、政治をとるようなものである。ゆえにその職に在る間は、その会社をわが物と思って全能をもってこれに当たらねばならない。またその一面においては、全然他人から預った物と思わなければならない。さればその職に在る間は、継続的に心身の力をつくしてその事に当たり、退職の時は、敝履《へいり》を脱ぐような洒落《しやらく》の覚悟を必要とするのである」

「大会社の経営を古《いにし》えの幕政にたとえれば、譜代子飼《こがい》の小名《しようみよう》ばかりで固めず、広く外様の大名をも加えて、一般社会との接触を保ちつつ、経営するが肝要である」

「政治に王道、覇道《はどう》の別のあるがごとく、実業界にもまた王道、覇道の別がある」

「いかなる人を士と言うべきか。実業家もまた士である。この士たる者の経営するところの商工業の最終目的は、すなわち国家をして、富みかつ強からしめるにある。

およそこの国家というものは、商売とか、工業とかいうものが基礎になってそれを進めて行くにおいて、政治とか軍事とかいうものがあるので、大きくいえば国であり、小さくいえば人である。さればその人、その国の生存上最も必要なるは実業である。この実業の力を強くするのが、すなわち国の富を強くする所以《ゆえん》である。かかる主義をもって欧米の国ぐには進みつつある。しかるに維新当時の日本は、実業に従事する者が、ただ政治家の奴隷《どれい》手足のごとく扱われていた。これではとうてい国の富を増し、国の力を張ることはできない。したがって国が弱いのである。貧しいのである。これ余の当時において最も憂苦《ゆうく》したところである」

これらの発言は、おそらくのちになってのものだろうが、しかし明治元年から二年にかけての時期にかれが、

「駿府に商法会所をつくって、政府から借りた太政官札を基金にした合本法（株式制）を実現すべきだ」

といったときの気持ちの持ち方をそのまま伝えている。

栄一が、

「ソロバンと論語を一致させよ」

と、とくに銀行業務について告げたことばの底には、やはり、

『儒教』

の影響がある。ソロバンと論語を一致させろということばは、あきらかに、

「銀行は儒教でいう王道経営をおこなえ」

ということだ。しかしそれはひっくり返せば、儒教の、

『士農工商』

といった身分区分に対する反発があったことは確かだ。

官界へのエリート集中に危惧《きぐ》

のちに渋沢栄一が東京商工会議所の前身をつくった当初、

「ここでは有能な実業人を養成する」

ということを商工会議所の事業の大きな柱の一本に据《す》えた。それは栄一のみたところ、

「政府は、藩閥政治をおこなっている。藩閥政治の恐るべきところは単に権力の集中だけではない。それぞれの藩閥が、後進育成にひじょうに力を尽くしていることだ。それぞれの藩閥が故郷から有能な若者を招いてはこれに資金を与え教育し、そして官界に登用する。これが続けば、日本の有能な人材は全部官界に入ってしまい、実業界には能力の劣った若者しか残らなくなる」

と思えたからである。かなり乱暴な見方だと思うが、しかし栄一にすればそういう危機感があったのだろう。そしてその危機感を培《つちか》っていたのが、この、

「明治以後も依然として存在している士農工商による身分区分」

であった。一言でいえば、

「役人はおのれを士として位置づけ、農工商の三民をばかにしている」

ということである。とくに『工商』の立場は、社会的劣位におかれていると栄一は考えていた。かれは猛烈にこれに反発を覚えた。そこで、かれが合本法を導入したり、商法会所をつくったり、あるいは藩政の目標を、

『産業振興』

にまとめようとしたのも、依然としてここにやってきた旧幕臣たちの、

『武士意識』

に対して大きな反感を持っていたためである。したがって渋沢栄一は、

「日本は近代化をどんどん進めている。近代化というのは、なにも目にみえるモノによるものだけであっていいはずがない。目にみえない心の近代化もおこなうべきだ」

と考えた。かれは、

「士農工商をタテの関係としてとらえるのではなくヨコの職業区分としてとらえるべきだ。それぞれがこの世において貴重な存在であるという意識を互いに持つべきだ」

というわば一種の身分解放的な願いも込めていた。

それをかれは、

「それぞれが心の底で欲しがっている〝富〟を媒介にしておこなう」

というかたちで実現しようとした。

福沢諭吉《ふくざわゆきち》という人物がいた。豊前《ぶぜん》国中津《なかつ》藩（大分県）の武士だった。しかし、父親は大坂の蔵役人だった。そのために諭吉は、上級武士からしばしば屈辱的な思いをさせられた。諭吉はのちに、

「身分制は親の仇《かたき》だ」

と憤慨している。そして、

「天は人の上に人をつくらず、人の下に人をつくらずといえり」と、

「天がこういったぞ」

と、言い手を客体化しながら、自分のいいたいことをいっている。その意味では渋沢栄一と福沢諭吉はともに、

「身分制に苦しんだ人びとの代表者」

といっていい。諭吉は、

「言論活動や教育によって人間平等の精神を主張」

した。渋沢栄一はそれをもっと即物的な、

「経済や富によって自覚させる」

という方法を取った。自覚させるというよりも、経済や富という人間普遍の欲望に関わりを持つ存在をもって、

「身分の水平化」

をおこなおうとしたのである。

おそらく新藩地にいたときも旧幕臣たちが貧困の極に達し、

「旧主ならわれわれのくらしをなんとかしてくれるだろう」

というあいまいな気持ちを持ってやってくる連中が多かったからに違いない。それでいてこの連中は相変わらず、

『武士は食わねど高楊枝《たかようじ》』

的な考えを持って、すでに徳川幕府は倒れてしまったにもかかわらず、まだどこかで、

『ありし日の幻影』

を追っているのだ。極端にいえば中にはまだ、

「夢よもう一度」という考えを持ち、

「徳川幕府が再び蘇るかもしれない」

などという甘い考え方を持っている者もいた。こういう連中は働かない。この城下町には収容しきれないから、七十万石の領地内にそれぞれ住む場所を与えて散らばらせた。が、いった先でも、

「おれは旧幕臣だ」

などとふんぞり返っているから、在来の住民たちから好感は持たれない。小憎《こにく》らしい。そうなると、次第に孤立し、生活上の物資の不足や金銭の不足がいよいよ募《つの》る。

渋沢栄一はこまめに歩きまわってこういう実態を把握していた。心の中で、

（武士という存在は、呆れてものがいえない）

と思っている。が、かれもまた旧主徳川慶喜を敬愛してこの地にやってきたのだから、そんな武士たちをみて、

「おまえたちはばかだ」

と見捨てるわけにはいかない。栄一が、

『産業振興』

ということを旗印に、

「この地域全体の活性化をはかり、これを日本の落ちぶれた藩の模範とする」

と考えたのも、その半分は、

『失業武士の救済』

に力点がおかれていた。つまり、

「かつて江戸城の中でふんぞり返っていた連中にここで報復をしてやろう」

などという考え方は栄一にはない。かれは儒教をまなんでいたから、

「経済運営にも王道が必要だ」

と考えている。それは前に引用したかれのことばにもはっきり示されている。王道というのは、

「仁《じん》と徳《とく》によるいとなみ」のことである。

私欲を満たすために、

「権謀術策だけでおこなういとなみ」

は覇道である。栄一は終生この覇道を嫌った。

しかしだからといって、自分の得るべき利益もすべてさし出して、

『利他』

だけに専念したわけではない。自利はしっかりと押さえる。そのへんは栄一もまたカミやホトケではない。

平岡準蔵は、

「藩議にかける」

といって、栄一に約束した。

静岡商法会所発足

翌明治二年の春、栄一は平岡準蔵から呼び出しを受けた。準蔵はニコニコしながらいった。

「商法会所の設置が藩議で決定された。あとを頼む」

と告げた。栄一は目を輝かせた。

「ありがとうございました」

と平伏した。このころ駿府は静岡と改称された。

静岡商法会所は、市内の紺屋《こうや》町に事務所を設けた。

『商法会所』

という看板を掲げた。栄一はさっそく前から物色していた商人十二人を選んで、

「商法会所用達を命ずる」

という辞令を出した。民間商人の起用である。

全体の取締は平岡準蔵と話し合ったように平岡の責任とする。そして栄一は、

『商法会所頭取』

として運営上の主任になった。勘定頭の管轄下におかれたのだから、藩庁からも

勘定所役人を出向させた。つまり、名目上は藩庁勘定所の役人を長とし、その下に商人の用達を付属させたのである。しかし、会所の実質的な運営の総責任者が渋沢栄一であるように、商法会所内の運営も実際には用達がおこなった。藩庁からきた役人たちは、あくまでも名目上の責任者にすぎなかった。このへんも由利公正が三岡八郎として、越前藩に総会所を設けたときの運営方法に似ている。公正は総会所の役員はすべて「元締」と名づけた商人とし、藩から監査役をひとり派遣しただけだった。商法会所の業務の内容は次のようなものだった。

・商品抵当の貸付金。
・定期当座預金。
・地方農業の振興のために、移民（流入者）に業を与える。
・業は、製茶、養蚕などに主眼をおく。そのために、資金を貸与する。
・京坂その他で、米穀、肥料などを買い入れ、これをこの地方で売却あるいは貸与する。
・原資金は太政官札を主体とする。

したがって発足当時は、渋沢栄一が頭の中に描いていた、『合本法』をいきなり実施したわけではなかった。民間資本は、

「預金」という形で商法会所に預けさせた。商法会所の基金はあくまでも太政官札である。

渋沢栄一は行動人だ。肥料や米穀の買い付けにも自分が先に立った。すべて、かれは資金を持って東京で〆粕《しめかす》、乾鰯《ほしか》、油粕《あぶらかす》などを買い入れた。すべて、「金肥《かねごえ》」である。大坂方面は別人に米を買いにいかせた。時代は変わっても、やはり米の集積地は大坂だったからだ。

栄一は、

（金肥や米の値は変動する。値が上がったときには売り払ってその利を得よう）

と考えていた。

商法会所の仕事を進めると同時に、栄一自身の生活にも変化があった。故郷の血洗島から家族を全部呼び寄せたことである。妻、子、母親、親戚などで移住を希望する者は全部連れてきた。家族は全部、栄一がそのころ住んでいた旧代官屋敷に収容した。

フランスでの財テク資金

明治二年（一八六九）一月に『商法会所』を静岡市紺屋町に設けると、栄一は事業に広がりを持たせようと東京と清水港に支社を設けた。資金出資は次のとおりだった。

藩庁　一万六千六百二十八両余
石高拝借（政府からの借入金）　三十八万五千九百五十一両余、正金に換算して二十五万九千四百六十三両余
在地市民の出資　一万四千七百九十五両余
金札　三千八百三十両
合計　二十九万四千七百十六両余

これが当初の総資本である。

藩庁内に反対があって、

「こんな財政難のときに、藩庁から出資金を出すことなどできない」

という論が起こった。渋沢栄一はニッコリわらって、

「一般市民から出資を仰《あお》ぐ以上、藩庁が一文も出さないなどということは許されな

い。それこそ武士道に反する。藩の出資金については目算がある」

といった。

「目算とは？」

「フランスから金を送ってくる」

そう告げた。役人たちはびっくりした。

「フランスから？」

と目をみはった。栄一はうなずいた。

栄一が目算があるといったのは、徳川昭武の供をしてパリ万国博覧会に出席したとき、博覧会が終わった後も昭武はそのまま残って学問をまなんだ。栄一も残った。栄一の役割は、昭武の滞仏中の学費や生活費を生み、これを管理することである。栄一は、当時フランス人からまなんだ株式をおぼえ、投資をしたりしてけっこう財テクに励《はげ》んだ。それが、

「徳川幕府が滅亡した」

ということと、

「水戸徳川家の相続人に昭武様が決定した」

という急報を得たので、急いで帰国した。だから金の始末をしてきていない。それをフランスの名誉領事フロリ・ヘラルド（正しくはフリューリ・エラール。が、こ

の本では多くの資料で記されている呼びかたで通す）という人物が、懇切丁寧に後始末をし、

「じつはこれだけの残金がある。送金する」

といってきたのである。栄一はこの知らせを持ってすぐ政府にいった。細々《こまごま》と説明し、

「徳川幕府から貰った公金と、そうでない徳川家の私金の別」

を告げ、さらに、

「自分がフランスでおぼえた株式の投資によって得た益金」

もはっきり告げた。当初政府側では栄一がなにをいっているのかわからなかった。しかし栄一が政府にやってきた目的が、

「旧幕時代に、日本代表としてパリ万国博覧会に出席した徳川昭武一行の旅費に関する明細報告」

ということがわかった。さらに、残った昭武の滞在費などの費用は、すべて公金ではなく栄一の才覚によって私金を活用して得たものだということがはっきりした。そこで政府は、

「フロリ・ヘラルドから送金される金は、全部藩で自由にしてよい」

と好意ある回答をしてくれた。このことが、政府筋から新聞に洩《も》れて、

「渋沢栄一という奇特な人物が、パリ万国博覧会に出席した日本代表の旅費について一文も私《わたくし》しない清潔な報告書を提出した」

と一種の美談として報道された。

本来なら、渋沢栄一が自分の才覚によってパリで投資をして得た益金なのだから、余った金は自分のものにしてしまってもいい。しかし栄一にはそんな気持ちはない。

「藩のために使おう」

ということで、フロリ・ヘラルドからの送金は全部商法会所の資金に投入しようと思っていた。かれのいうとおり、一般市民から出資を求めていながら藩庁が一文も出さないというのでは筋が立たない。栄一はこのことを強調した。

「武士は貧《ひん》しても鈍《どん》してはならない。窮乏の極にあるときこそ、武士らしさを示して民の模範になるべきだ。単なるソロバン勘定だけしていたら、武士の存在意義はない」

と強調した。栄一の熱弁にはじめは渋っていた藩の役人たちも納得した。そしてまじまじと栄一をみつめ、

「やはりおぬしは変わっているな」

と半ば呆れ顔をした。つまり栄一が、フロリ・ヘラルドからの送金を自分のもの

にしないで、全額商法会所に投げ出すという考え方がちょっと理解できなかったのだ。栄一は、

「そんなことをしないで歯をくいしばるのが武士だ」

とわらった。

このころだれが焚《た》きつけたのかわからないが、太政官（明治政府）はやがて、

「民間企業を圧迫するような官営事業をおこなってはならない。また、そういう誤解を招くような紛《まぎ》らわしい名称を使ってはならない」

と触《ふ》れを出した。

そこで静岡商法会所という名称も使えなくなった。ほんとうなら商法会所の事業そのものもやめなくてはいけないのだが、栄一はこだわった。

「藩の出資した資金よりも、民間から出ている資金のほうが額が多い。したがってこれは藩営事業とはいえない。申し開きが立つ」

と主張した。事業は軌道に乗っていたときだから、藩庁もこれを認めた。藩庁としても、事業を廃止するのは惜しかった。となると、問題は名称だ。

静岡常平倉《じょうへいそう》

「どう変えるか」

ということになった。中老の大久保忠寛がいった。

「常平倉がいい」

「じょうへいそう？」

大久保が口にしたことばの意味がわからない栄一はきき返した。大久保はうなずいた。

「じょうへいそうというのはなんですか？」

「古い時代からある災害時のための食糧や日用品の備蓄庫のことだ」

「はあ……」

栄一の胸にはまだストンと落ちない。大久保は説明した。

「おぬしがやっている商法会所も、要《よう》は民のくらしを豊かにしようということだろう。それなら、古代からある常平倉と同じだ。民を慈しむという考えにおいて変わりはない。おぬしのいう王道政治つまり仁政だ。この点を主張すれば、常平倉なら内実はどんなことをやっていてもいまの政府ならなにもいうまい」

そういった。知識の広い大久保のいうことだから、渋沢栄一はそのまま商法会所を改め常平倉と称することにした。

この改称がおこなわれたのが、明治二年八月二十七日のことである。常平倉の名称は九月一日から使うことにした。そこでいったん会計の清算をした。するとじつに八万五千六百五十一両余の利益があがったことがわかった。藩庁の役人たちはいっせいに声をあげた。まさかわずか八カ月余で、商法会所がこんなに利益をあげるとは思わなかったのである。おこなった事業は主に肥料の貸し付けや米穀の売買だったが、藩庁は改めて渋沢栄一の才覚に感嘆した。

「渋沢、これからもよろしく頼むよ」

藩の勘定頭平岡準蔵はじめ、財政関係の役人たちがそういった。栄一は、

「がんばれるだけがんばってみますよ。しかしこの利益金はあくまでも人の道を重んずる論語の教えにのっとって使うことを忘れないでください」

と釘をさした。役人たちは、

「わかった、わかった。おぬしの論語とソロバンの一致は耳にタコができた」

とわらった。

常平倉役所はいままでの紺屋町では手狭になったので、十月三日に常盤《ときわ》町に移った。さらに呉服《ごふく》町旧目付屋敷に移った。仕事はいよいよ軌道に乗り、加速度を増し

た。栄一はせっかく家族を静岡に呼んではみたものの、なかなか落ち着いて一緒にくらせるような時間がない。それほど忙しかった。

しかし仕事は楽しい。栄一は、

「常平倉の事業として、さらに失業武士たちが栽培する茶や生糸も扱いたい」

と夢を広げていた。ところがその年（明治二年）十月二十一日、突然太政官から、

「東京にこい」

という命令が栄一に下った。栄一は眉を寄せた。すぐ大久保のところにいって、

「太政官からこんな命令がきましたが、いきたくありません。断っていいですか？」

といった。大久保はグイと眉をあげ、鋭い目つきで栄一を睨んだ。

「だめだ。いけ」

「しかしいまの私は、常平倉の強化拡充に忙しくて、とても東京へなどいっている暇はありません。大久保さんからも断ってください」

「だめだ。政府の命令には従え。いけ」

とこわい表情でいった。

「大久保さん！」

栄一は大久保を睨んだ。大久保は、

「いけ！」

と栄一を睨みつけた。

じつをいえば、太政官から渋沢への出頭命令がきたとき、大久保自身も、

（これは弱った）

と思った。常平倉が軌道に乗って、前将軍の徳川慶喜のくらしや藩主として赴任してきた徳川家達をはじめ藩庁の役人を含み、さらに静岡藩成立に、

「再就職できるかもしれない」

という期待を持って群がってきた旧幕府の失業武士たちの生活救済のために、いまの渋沢栄一はなくてはならない存在だったからである。常平倉という名は大久保がつけたものだが、これは日本に古くからあった名ではなく、じつをいえば古代中国の漢《かん》の時代のものだ。大久保にはそういう知識があった。大久保の心積もりでは、

「漢時代の古い名をつけることによって、政府を安心させよう。しかし実際には渋沢がフランスで仕込んできたヨーロッパ流の新しい事業をどんどんおこなわせたい」

と考えていた。いわば、表面は古さを装《よそお》い内実は新しいことをどんどん拡張しようと思っていたのである。それだけに、いま渋沢栄一を東京の政府に取られるのは

痛い。

大久保の勘では、

（渋沢が東京に呼び出されたのは、政府がかれを雇うつもりなのだ）

と思っていた。そのとおりだった。大久保はやがて表情をやわらげ、しずかにいった。

「いまおまえが太政官からの呼び出しにそむくことは新政府にそむくようなもので、それはおまえひとりの反抗では終わらない。静岡藩そのものが政府にそむくことになる。それでなくても静岡藩は、鵜《う》の目鷹《めたか》の目《め》でいろいろと目をつけられている藩だ。いけ」

渋沢一身のことよりも、静岡藩全体を守るという立場に立つ大久保は、しゃにむに栄一を説得した。栄一は屈服した。

「それほどまでにおっしゃるのなら、いきますよ。常平倉がどうなっても知りませんよ」

毒づいて栄一は東京に向かった。

第三部

人生意気に感ず

租税正を命ぜられる

明治二年（一八六九）の十月二十六日に静岡を出て東京にきた渋沢栄一は十一月四日に太政官《だじょうかん》に出頭した。すぐ、

「租税正《そぜいのかみ》を命ず」

という辞令を押しつけられた。

「租税正とはなんですか？」

ときくと、太政官の役人は、

「文字どおり、租税を扱う職だ」

と突き放した。

「どこの役所へいけばいいんですか？」

ときくと、

「民部省《みんぶ》へいけ」

といわれた。

当時の政府の職制はまだ揺れが激しく、固定していなかった。いつでも変わる流動的な状態にあった。

栄一が任命された『租税正』は、大蔵省の役職だ。ところが太政官の役人が、

「民部省へいけ」

といったのは、大蔵省と民部省が、組織は分かれているものの、幹部が両省の役職をそれぞれ兼ねていたからである。

民部卿兼大蔵卿　伊達宗城《だてむねなり》
民部大輔《たいふ》兼大蔵大輔　大隈重信《おおくましげのぶ》
民部少輔《しょうゆう》兼大蔵少輔　伊藤博文
民部大丞《だいじょう》兼大蔵大丞　井上馨《いのうえかおる》、得能良介《とくのうりょうすけ》、上野景範《うえのかげのり》
民部少丞《しょうじょう》兼大蔵少丞　安藤就高《あんどうなりたか》
造幣頭《かみ》　井上馨（兼務）
出納正　林信立《はやしのぶたつ》
監督正　田中光顕《たなかみつあき》

といった顔ぶれだった。

何人かはその後任命された者も含まれているが、錚々《そうそう》たる連中だ。

栄一がわけ知りにきくと、

「実際に民部・大蔵両省を牛耳《ぎゅうじ》っているのは、大隈さんと伊藤さんです。もっといえば、実際には大隈さんの独壇場といっていいでしょう」

と教えられた。これをきいて栄一は、大隈のところにいった。魂胆《こんたん》があった。かれが部屋に入ると、大隈がニッコリわらって、

「渋沢くんか、待っていたぞ」

と歓待の表情を示した。栄一は渋い顔をして、大隈の机に近づきその上に貰ってきたばかりの辞令をおいた。

「この辞令はお返しいたします」

「なに」

大隈は眉を寄せた。

「なぜ辞令を返す？」

「私には勤まりません」

「そんなことはない、きみなら立派に勤まる」

「いえ、私にはいまやりかけている仕事があります。新政府のご厚情によって、旧徳川家は静岡藩を頂戴できました。しかし、藩成立を知るや旧幕臣どもが大量に押しかけ、くらしに困窮しております。これを救済するために、私はいま静岡に常平《じょうへい》倉《そう》を設け、その運営の責任者として毎日を送っておりました。ところが突然のお召し出しによって、常平倉を放棄するような仕儀になりますと、静岡市民はふたたび困窮に陥ります。どうぞ特別なお情けをもって、常平倉事業の継続をお願いいたし

たく、辞令をお返しする次第です」

といった。大隈は滔々《とうとう》と述べたてる栄一の論に、はじめのうちは圧倒されたが、やがて心の態勢を立て直したらしく目に微《かす》かな笑みを浮かべた。栄一のことばが終わると、

「それで終わりか？」

ときいた。

「はい。そういう次第でありますので、どうか静岡に帰してください」

「だめだ」

大隈は首を横に振った。そして微笑《ほほえ》みながらこう話しはじめた。

「いまの政府は、われわれのような連中の寄せ集めでなにがなんだかチンプンカンプンだ。右へいっていいのか左へいっていいのか、ぜんぜん見当がつかない。そういう連中が国政を預かっている。じつに怖い。危険なことでもある。しかしわれわれには共通した意志がある。それはどんなことをしてでも、この国の基礎をしっかりと固め、国民生活を安定させたいということだ。これがわれわれの志《こころざし》だ。

たとえていえば、いま東京には日本の八百万《やおよろず》の神々が集まったといっていい。おぬしもそのひとりだ。おぬしは財政のカミだ。いまの政府には財政のわかるやつがひとりもいない。呆《あき》れ果てたことだが事実だ。静岡のこともよくわかるが、それは

一地方の問題であって国家のことではない。逆にいえば国家を安定させることによって、静岡のほうも安定するかもしれない。その礎《いしずえ》を築くためにどうかぜひ八百万のカミの一員として加わって欲しい。頼む、このとおりだ」

大隈はそういって、椅子から立ち上がり机に両手をついて頭を下げた。

多少の芝居っ気が感じ取れたが、しかし大隈の熱気には圧倒された。迫力があった。栄一の心はひるんだ。一瞬、

(気持ちをひるがえして、政府の仕事を手伝おうかな)

と思った。そんな栄一の心の揺れを見抜いたのだろう、大隈はいった。

「じつをいえば、きみを推薦したのは卿の伊達さんだよ。待っておられるから会ってこい。気が変わるかもしれない」

そんなことをいった。栄一は大隈をみかえした。大隈の目の底にからかうような色があった。案内されて部屋にいくと、伊達宗城《だてむねなり》は横文字の本を読んでいた。

「渋沢栄一を連れて参りました」

案内人がそういうと、伊達は、

「おう、きたか」

といって、椅子から立ち上がった。ツカツカと栄一に近寄り、

「きみが渋沢くんか、楽しみにしていた」

といって、西洋流の握手をした。着ている物も、たくわえたヒゲもすべてヨーロッパ流で、かなり外国知識や外国人の生活ぶりに慣れているような気がした。栄一は目をみはった。

「伊達だ」

そういった。栄一は手を握られたままお辞儀をした。そしてすぐ、

「じつは」

と、たったいま大輔の大隈重信に辞令を返したことを話しかけた。伊達は、

「わかっている」

と宙で大きく手を振り、

「かけなさい」

と応接用の椅子を示した。栄一は腰掛けた。

そしてじっと伊達の顔をみた。伊達は話し出した。

伊達宗城という人物

「わたしは今年の九月にこの職に就いた。その前は、政府軍の軍事参謀兼禁闕警衛《きんけつけいえい》（京都の守護）を命ぜられていた。同時に、外国事務も兼任していたのだ」

「……」

伊達の過去の経歴などぜんぜん関心がないので、栄一は黙っていた。伊達は続けた。

「いま、わたしは政府からこの国に鉄道を敷設《ふせつ》する役割を仰《おお》せつかっている。しかし、鉄道を敷くにもいまの政府にはそんな金はない。そこで、外国から入用の金銀を借りて、鉄道を敷けばいいではないかということになった。しかし、そんなことを公《おおやけ》にすれば、攘夷派の連中がなにをいい出すかわからない。じつをいえば、そのへんのことも含めてきみにきてもらったのだ。きみは、長くパリにいて、昭武公のお世話をしながら、いろいろと財政面について才覚を発揮したそうではないか」

栄一は直感した。

(伊達さんはフロリ・ヘラルドからの送金の話も知っているのだ)

しかし栄一はいま伊達がいった、

「外国から金を借り入れて日本に鉄道を敷設したい」

という話に興味を持った。というのは、さっきの大隈重信の話もだが、いま会っている伊達宗城の話にしてもすべて規模が大きい。いわれてみれば渋沢栄一がかかずらっていたのは、

「静岡藩とそこに住む士民のくらしをゆたかにしたい」

という局地的な志に限られていた。ところが大隈にしろ伊達にしろ、

「日本の国と国民のため」

ということを命題にしている。

渋沢栄一は幕末時に最後の将軍徳川慶喜のブレーンだったから、伊達宗城がどういう存在だったかはよく知っていた。

伊達宗城は四国の伊予宇和島《いようわじま》の前藩主である。

しかしもともとは幕臣山口相模守《やまぐちさがみのかみ》直勝の次男坊で伊達家には養子として入った。

ペリーが四隻の黒船をひきいて日本に開国を迫ったとき、時の老中筆頭阿部正弘はそれまでの幕府の体制を根本的に変えようとした。徳川幕府の政権担当者はすべて譜代大名に限られていたが、阿部は、

「そんなことでは到底この国難に対応することはできない。外様《とざま》大名も含めた連合政権に改めよう」

と考えたのである。つまり譜代大名に外様大名を加えた幕府をつくろうとしたのだ。

このとき阿部が目をつけたのは、

「外洋に面した地域に領地を持つ大名」

である。具体的には太平洋、玄界《げんかい》灘、日本海などの大きな海に面した地域に領地

を持つ大名たちであった。

大平洋に面した大名としては、薩摩藩主、伊予宇和島藩主、土佐藩主、そして玄界灘に面した大名としては佐賀藩主、日本海に面した大名として越前藩主などであった。

この、

『連合政権構想』

は、阿部と薩摩藩主島津斉彬《しまづなりあきら》の急死によって立ち消えとなった。ところが芽は残った。

井伊直弼の安政《あんせい》の大獄時にさらに追い討ちを受けたこれらの大名たちは、みんな隠居させられた。それは阿部の構想が単に連合政権の実現というだけでなく、

「次の将軍には一橋慶喜を立てよう」

という企《くわだ》てが含まれていたからである。怒った井伊はこの企てに参加した大名とその家臣、ならびに幕臣たちを全員罰した。民間人も罰した。しかし反動がきて井伊はやがて水戸浪士たちに殺された。ここでふたたび、

『阿部構想』

が息を吹き返した。つまり旧連合政権派がいきおいを得た。一橋慶喜は将軍後見《こうけん》職《しょく》になり、松平慶永《よしなが》（春嶽）は政事総裁職になった。両ポストとも、斉彬の弟島津

久光《ひさみつ》が強大な軍事力を背景に幕府を脅迫し、実現させたポストである。

ここで阿部構想に連なっていた大名たちは新しく京都御所に、

『参与《さんよ》』

という制度を設けた。参与というのは、

「天皇が主宰する朝議に加わり、意見を述べる」

というポストである。したがって参与になった大名たちは、

「徳川家の大名でありながら、一方では天皇の家臣にもなる」

ということになった。

伊達宗城は宇和島藩の軍制改革をおこなった。その案を立て実行したのが、当時村《む》田《た》蔵六《ぞうろく》といっていた長州藩の大村益次郎《おおむらますじろう》である。また宗城は幕府の異学の禁に触れ、同時に幕政批判をしたということで、全国指名手配になっていたいまでいう科学者の高野《たかの》長英《ちょうえい》も匿《かくま》っていた。屋敷と禄《ろく》を与えて、

「わが藩のために参考になる意見をどんどん告げてほしい」

と高野を大切に保護した。あきらかに幕府に対する反逆だ。しかし、伊達宗城はそういうことを平然とおこなう豪胆な大名であった。

慶喜に同情的な伊達

渋沢栄一は幕末時慶喜の脇にいて、慶喜が時折話す伊達宗城の評判をきいていた。

倒幕側にとって伊達宗城の勇気ある行動の数々は、

「伊達さんはかねがね徳川幕府に叛意《はんい》を持っていたのだ」

と評価されていた。そのため新政府樹立とともに、いきなり民部・大蔵の両卿を命ぜられた。いや、その前に軍事参謀兼禁闕警衛《きんけつけいえい》を命ぜられたのも、その反幕的な姿勢を高く評価されたということだろう。禁闕警衛というのはそれまで会津藩主松《まつ》平《だいら》容保《かたもり》が務めていた『京都守護職』に代わるものといっていい。

その伊達宗城がちょっといたずらっぽいわらいを浮かべて渋沢栄一にこういった。

「渋沢くん、きみを政府に呼んだのは鉄道のことだけではないよ。慶喜さんが大政奉還したときに持っていた裏の気持ちを、新政府でどんどん実現したらどうかね」

そんなことをいった。微妙な口ぶりだ。栄一はびっくりして伊達をみかえした。伊達は目の底でわらっていた。

栄一は伊達宗城が尋常一様のぼんくらなトップではないことを知った。

(この人はすべてをお見通しだ)

と思った。

いま伊達宗城がいった、

「慶喜さんの大政奉還の裏の気持ち」

というのは、おそらく慶応三年（一八六七）十月十四日の大政奉還時における諸《もろ》の町の評判を伊達もしっかりときいていたということだろう。慶喜が大政奉還したとき、

「あれは慶喜の本心ではない」

という噂が流れた。事実だった。慶喜が大政奉還したのはブレーンの西周が立てた、

『新政体案』

によっている。新政体案というのは、いったん大政奉還をしてもどうせ朝廷はすぐ政治が執れない。組織もなければ知識や技術もない。暫定的に、

「しばらくの間、あなたが政務をおこなってはもらえまいか」

と慶喜に政務執行を頼んでくるに違いないとみていた。源《みなもとの》頼朝《よりとも》に政権を委任して以来、京都朝廷はほとんど政治から遠ざかっている。慶喜が、

「大政をお返しいたします」

といったからといって、すぐ、

「待ってました」

とばかり、京都御所の天皇や公家たちが政務をおこなえるとはだれも思わない。おそらく、猫に小判で政権をもてあまして手をあげてしまうだろう。

悲鳴をあげた挙句、

「前将軍の慶喜にもう一度頼もう」

といってくるに違いないと目論《もくろ》んでいた。

しかしだからといって慶喜は返された政権を前とおなじように扱う気はまったくなかった。かれはもともと江戸城の首脳部からは、

「あちら側の人間」

とみられていた。あちら側の人間というのは、江戸城首脳部（古い考えの譜代大名群）によって選ばれた将軍後見職でもなければ将軍でもないということだ。島津久光の強引な脅迫干渉によって実現した将軍後見職だ。したがって江戸城首脳部は慶喜を信用してはいない。

「あの男は京都側の人間だ」

とみていた。慶喜は最後までそういう冷たいまなざしで見られる針のムシロに座

り続けた。ところが慶喜は、

「選んだ側があちら側であろうと、わたしは最後までこちら側の人間として終始する。徳川家と幕府のために尽くす」

と覚悟を決めていた。このへんの複雑な慶喜の気持ちがまわりから理解されない。そのためにかれには自分の思いどおりになる組織や、家臣団がつくれなかった。いつも孤独な立場で全力を尽くさざるをえなかった。

そのため、かれはつねに、

「徳川幕府の改造」

を考えていた。そんなときにオランダ留学から戻ってきた西周がライデン大学でまなんだ、

『新政府構想』

を注射液のように慶喜に注入したのである。西周の案というのは、くりかえしになるが、
・上院下院からなる議会制を設けること
・大名を廃止して、郡県制を設けること
・中央に、郡県を統括するための公政府をおくこと
・公政府に長官をおくこと

そしてさらに西周の案は、
・公政府の長官ならびに上院下院の議長は、徳川慶喜が務めること
というものであった。こうなると、議会の運営はおろか日本国政の最大の権限を慶喜が一手に握ることになる。

慶喜は、

「大政奉還にまごついて、もう一度自分に政務をおこなってもらいたいといってきたときは、この新政体案を実行しよう」

と考えていたのである。ところが目論見ははずれた。というのもこの慶喜の野望を知った討幕側の下級武士たちが、

『王政復古』の挙《きょ》に出たからである。真っ向から徳川幕府を否定し徳川将軍を罷免し、同時にその官位や領地も全部没収するというものであった。

伊達宗城はこのとき、

「いきすぎだ」

と思っていた。しかし前土佐藩主山内容堂《やまのうちようどう》のように、

「これは幼君を擁《よう》したある限られた大名たちの謀略である」

といって、岩倉具視《いわくらともみ》にどなりつけられた例があるから、黙っていた。伊達宗城は

山内容堂よりもはるかに知性に富み、同時に処世術も心得ていた。だからこそいまのポストを得た。しかし心の底では、

（国内戦争に持ち込まなくても、大政奉還を強化拡大すれば日本は血を見ずに政体改革がおこなえたはずだ）

と依然として、

『公武合体派の理想』

を持っていた。かれ自身は公武合体派による政局主導をけっして間違っていたものとは思っていなかった。ただそれぞれの思惑が違ったので『参与』はまもなく解体してしまった。

とくに島津久光の思惑は異常で、宗城がみたところ久光は、

「いつかは自分が取って代わって将軍になろう」

と思っていたフシがある。しかし現政府の実質的な総理大臣のポストにある内務卿の大久保利通など、すでに旧主人の久光を相手にしない。西郷隆盛のほうは人がいいから間に立っておろおろしているが、大久保は完全に見放していた。

渋沢栄一には伊達宗城の思いがわかった。古いことばに、

「士はおのれを求めるところに赴《おもむ》く」

というのがある。

「期待されたらその期待される場へいくべきだ」

ということだ。栄一はこのことばを思い出した。そして、

『人生意気に感ず』

ということばをそのまま実感として味わった。栄一はこの一瞬に伊達宗城に対してまさに人生意気に感じたのである。

士は求められるところに赴く

渋沢栄一は伊達宗城からそんな過去の話をきいた。宗城はしめくくりに笑ってこんなことをいった。

「考えてみれば、きみが仕《つか》えた徳川慶喜殿もそうだが、あのころの名のある大名はほとんどが養子だったなあ」

「は？」

唐突に宗城が妙なことをいい出したので、栄一は眉を寄せて宗城をみかえした。

宗城は笑いを消さないまま、

「きみの仕えた慶喜殿も養子なら、前代の十四代将軍家茂公も養子だった。われわれとともに行動した越前の松平慶永殿も養子、あるいは最後の老中としていろいろ

苦労した備中《びっちゅう》松山の藩主板倉勝静《いたくらかつきよ》殿も養子、さらに征長総督を務めた尾張藩主徳川慶勝《よしかつ》殿も養子、もっといえば、京都守護職として討幕派を散々に痛めつけた会津藩主松平容保《かたもり》殿も養子だ。幕末は養子大名の活躍が目立ったといっていいだろう。これはつまり養子のほうが思い切ったことができるからだ。その家に生まれると、どうしてもしがらみに負けて思うような改革ができない。わたしが伊予宇和島で十分に腕がふるえたのも、伊達家の生まれではなかったからだよ。小さな旗本のせがれだったせいもある。失うものがなにもない。これが強みだ。

一方、いまの政府を支えている連中をみてごらん。次第に力をたくわえはじめた薩摩の大久保利通や西郷吉之助、あるいは長州藩の木戸孝允、井上馨、伊藤博文、品川弥二郎《しながわやじろう》、山県有朋《やまがたありとも》、佐賀藩の大隈重信、江藤新平《えとうしんぺい》、大木喬任《おおきたかとう》、副島種臣《そえじまたねおみ》などは、すべてそれぞれの藩の下級武士だ。しかし、この連中の実力はすさまじく、やがてはいま名目的に新政府に籍をおいている公家やわたしのような大名はすべて一掃されてしまうだろう。つまりかれらはわれわれを乗り越えていく。戦国時代の下《げ》剋上《こくじょう》がおこなわれるのだ。このことは渋沢くん、いまからしっかりと心しておいたほうがいいよ。

やがて新政府は下級武士による専権状況を生ずるだろう。これをくい止めるのは、もはや公家や大名ではだめだ。農工商三民の中から有能な人物がどんどん出現しなければならない。きみはそのひとりだよ。きみは農民出身のはずだ。しかも経済感覚にすぐれている。いま新政府に欠けているのがこの経済感覚だ。財政の運営はめちゃめちゃだ。

渋沢くん、きみが生家からずっと経験してきた経済感覚を大いにこの大蔵省で生かしてはもらえまいか。それには単に租税正《そぜいのかみ》としての仕事をするだけでなく、大蔵省の改革、さらに新政府全体の改革をもめざして欲しいのだ。当面、上司である大隈くんとよく相談して、仕事をすすめてくれればこんなありがたいことはないのだよ」

そう告げた。きいていて渋沢は、

(さすがだな)

と思った。渋沢は世の中に対処していくためには、

「トンボの目を持たなければならない」

と思っていた。トンボの目を持つというのは、

「片方の目でよく状況を見極めながら、もう一方の目で自分の生き方を模索していく」

ということである。複眼の思想だ。ところがいま目の前にいる伊達宗城はその一歩上をいっていた。渋沢栄一からみれば、

「伊達さまは、鳥の目で全体を摑《つか》んでいる」

ということだ。

『鳥瞰図《ちょうかんず》』

という言葉がある。これは鳥のように高いところから地上を見下ろして、全体を把握する状況認識の視点だ。渋沢栄一からみると伊達宗城はまさに『鳥瞰図』を持ち、そして、

「その中における日本国、そしてその政府」

の存在を考え、

「その政府における役人はどうあるべきか」

と段階的に考えをすすめている。渋沢栄一はこれには感動した。伊達宗城は最後にいった。

「渋沢くん、士は求められるところに赴くべきだよ。きみはわれわれよりも国民に求められているのだ」

このひとことは決定的な一撃だった。栄一は身震いした。

「きみは国民に求められている」

という宗城の一語が激しい衝撃を与えたからである。

栄一はじっと立ち尽くしたまま宗城の顔を凝視した。宗城もみかえした。宗城は

にこやかに微笑んではいたが、目の底に鋭い光をたたえていた。栄一はその宗城の目の光の意味を悟った。かれはうなずいた。

そしてこうつけ加えた。

「わかりました。大隈さんに預けた辞令は頂戴いたします」

大隈のみた栄一

楽屋話めいて恐縮だが、この小説を書くためにわたしは次のような資料を参考にさせていただいている。

『渋沢栄一伝』　幸田露伴《こうだろはん》　岩波書店
『渋沢栄一伝』　土屋喬雄《つちやたかお》　改造社
『父渋沢栄一（上・下）』　渋沢秀雄《ひでお》　実業之日本社
『渋沢栄一訓言集』　竜門社編　国書刊行会

などである。

埼玉県深谷市立渋沢記念館を主体に市立の全公民館の共同主催で、

『渋沢栄一にまなぶ』

というテーマで講演を頼まれたことがある。

講演は市民が対象だった。このときわたしは一冊の本を持っていた。掲げたうちの『父渋沢栄一』の上巻である。別に会場でこの本を読みながら話をするわけではない。渋沢記念館の館長にききたいことがあった。それはわたしが持っている『父渋沢栄一』上巻のトビラに、

『伊藤昇様恵存』

と書かれ、左下に『渋沢秀雄』とサインがしてあるからだ。わたしはこの本をいきつけの高円寺《こうえんじ》の都丸《とまる》書店で買った。トビラの後ろに、

「上巻　著者署名あり、献呈本」

と店主のメモがついていた。しかしだからといって、

「著者のサインがありますから、値が張りますよ」

などということはいわない。この店の主人は良心的な人物でふつうの値段で売ってくれた。

わたしが渋沢記念館の館長にききたかったのは、

「このサインはほんものかどうか」

ということである。迎えの車の中で本をみせながら、

「ここに渋沢秀雄さんのサインがあります。ほんものでしょうかね」

ときいた。館長はじっとトビラの字をみていたが、やがて、

「秀雄さんはたしかにこういう字を書きましたね。ほんものでしょう」

と答えてくれた。わたしはとびあがるほどうれしかった。ただ渋沢秀雄さんは『伊藤昇様』と書いて伊藤昇さんという人にこの本を贈った。それがなぜ古本屋へ流れたのか、そのへんの経緯は別に知りたくはないが、本来ならこういう本は贈られた本人が最後まで大切にしておくべきではないかという気もした。しかし逆に考えれば町へ流れ出たためにわたしのような物書きの手にこの本が入る結果になった。伊藤昇さんにむしろ感謝すべきだろう。

さてこの『父渋沢栄一』の下巻に、

「大隈重信のみた渋沢栄一」

という印象論が載っている。これを引用させていただく。ただし、渋沢秀雄さんの文章も、明治四十二年（一九〇九）七月発行の『実業之日本』という雑誌から引用したものだ。ことばの使い方を、多少現代的に改める。おゆるしいただきたい。それでわたしだった。

・そもそも渋沢くんをはじめて世の中に引き出したのはわたしと渋沢くんの関係は特別なのだ。

・当時渋沢くんは旧幕臣で、明治政府には出ないといっていた。わたしが大蔵省に入って人材を求めていると、郷純造《ごうじゅんぞう》くん（誠之助《せいのすけ》男爵の父）が洋行帰りの渋沢くんを推薦してきた。

・郷氏はなかなか人物をみる目があった。氏のすすめてきた人物はみんなよかった。前島《まえじま》くん（密《ひそか》男爵）もそのひとりである。
・それで郷氏の推薦なら使ってみようといって話してみると、渋沢くんはなかなか頑固で容易に出仕を承知しない。
・いまでこそ渋沢くんは常識円満の大人であるが、当時はまだ一見壮士の如く、元気当たるべからざるものがあった。
・むろん両刀を帯びていて、ひとつ間違ったら一本参ろうという権幕だった。家にいるときでも一刀だけは腰から離さないという勢いで、会うといっても容易に出てこない。
・それで説伏するにはなかなか難しかったが、わたしは八百万の神が寄合って新日本をつくるのだから、きみもひとつ神様になってくれといって、ついに承諾させた。
・ところがまた一方には、わたしが旧幕臣たる渋沢くんを用いたというので、旧幕臣中にも新政府中にも反対があり、ことに大蔵省の官吏たちは大不平だった。
・かれらはほとんどストライキを起こすような勢いでわたしのところへやってきて、あんな壮士のような幕臣をわれわれの上に抜擢するのは何事だといって非常にやかましい談判をした。

・その中でももっとも猛烈に反対したのは、玉乃世履《たまのせいり》（のち大審院長となり自殺した人）だった。渋沢くんを玉乃の上役にしたというので非常に怒った。

・そのころはまだ井上（馨）侯も大蔵省へ入っていなかった。わたしは四方の反対を抑えて、まあみておれといって、渋沢くんを思う存分働かしたが、かれの働きぶりはじつに精悍《せいかん》なものであった。

・当時の大蔵省は、財政のことはむろん、農商務省（現農水省や経産省）、逓信省（現総務省）、または司法省（法務省）の一部の仕事や、地方行政なども持っていたので忙しいことは非常なものだった。

・渋沢くんは八面六臂《はちめんろっぴ》という勢いで働いた。財政の事、地方行政の事、殖産興業の事、あらゆる方面で活躍した。

・渋沢くんは考えもよく、計画も立ち、それに熱誠をもって事に当たったから、六カ月も経《た》つと先に反対した連中は大いに驚いた。

・そこで今度は不平党が謝罪にきた。まっさきに抗議にきたのは玉乃だったが、まっさきに謝罪にきたのも玉乃だった。

かれはこういった。

「渋沢くんはとてもわれわれのおよぶところではない。誠に得難き人である。前に無礼なことをいったのは、われわれの思い違いであってじつにすまない」

といって、のちにはみんな渋沢くんと懇意な間柄になった。

渋沢栄一が大蔵省に出仕して租税正になったときは、三十歳だ。大隈がみたように、

「渋沢くんは両刀を腰にさしていた」

というから、渋沢栄一はやはり〝武士きどり〟の気風が強かったに違いない。

下種《げす》の勘ぐりになるが、このへんの栄一の心情を思うと、大隈重信がいったことはある程度、

「渋沢栄一の本質」

を見抜いていたような気がする。どういうことかといえば、渋沢栄一はいかに豊かな家に生まれたといっても、やはり武蔵《むさし》国血洗島《ちあらいじま》の農家の出身だ。少年のころは藍《あい》の買い付けに上州《じょうしゅう》（群馬県）方面まで歩きまわった。つまり商売をした。

『士農工商』

の身分制がいきわたり商人が社会の一番劣位におかれていた江戸時代には、やはり、

「劣等感と屈辱感」

が渋沢栄一になかったとはいえない。

明治言論界を指導した福沢諭吉は、豊前《ぶぜん》国中津《なかつ》藩（大分県）の武士だったが、そ

れでもなお、

「身分制は親の仇《かたき》でござる」

といい切っている。福沢の場合は、

「士農工商の頂点に立つ武士社会においても上級武士と下級武士の差別がある」

という意味だ。

「自己変革の達人」

といえば、自分の人生を三段階にわたって改革していった坂本龍馬が有名だ。かれの三段階式改革は、

「はじめは刀、次にピストル、そして最後は国際法」

と考え方を変えていく。最初の刀というのは、

「商人郷士の家に生まれたおれのような存在は、武士にならなければしたいこともなにもできない」

という考えだ。坂本龍馬は最初に立志したのは、

「武士になりたい」

ということだ。

「そのために剣術を習おう」

ということで、刀を大事にしたということである。こういうように士農工商の身

分制は当時生きていた〝やる気のある若者〟たちにとって大きな壁だった。

幸いに渋沢栄一は一橋慶喜の知遇を得て武士になった。この、

「武士意識」

は、かなり長い間かれの頭にこびりついていた。ましてやかつては敵であった薩長を主体とする藩閥政府に出仕したのだから、この武士意識に加えて、

「旧幕臣意識」

が加わっている。もっといえば、

「自分は最後の将軍徳川慶喜の側近だった」

という誇りや衒《てら》い（自分の特性を威張ってひけらかすこと）もあっただろう。とにかく、

「最後の将軍の側近」

などという立場はそれほど例があるわけではない。ごく限られた少数の武士にしか与えられない栄誉だ。栄一はその栄誉を抱えて静岡にいき、旧主の徳川慶喜の生活の面倒をみてきたのだから余計その感が深い。だからこそ最初は、

「とうてい新政府に出仕することはできない」

と断ったのだ。断りの理由は、

「自分はこういう輝かしい立場にいるのだから、おまえさん方とは付き合えない」

という意味もあっただろう。

新しい袋に古い酒

伊達宗城と大隈重信に説得されて、渋沢栄一は任官拒否を撤回し租税正の辞令を受け取った。事務室にいくと何人かの役人がいた。ジロリと渋沢をみた。歓迎する気配はまったくない。大隈重信が書いた、

「渋沢に対する当時の大蔵省の役人の感情」

が露骨に出ていた。

渋沢は、『租税正』という札がおいてある机に近づきその脇に立った。そして辞令を掲げ、

「新しく租税正を命ぜられた渋沢栄一です。よろしく」

と挨拶した。役人たちはタバコを吸ったり雑談にふけったりして椅子から立ち上がろうともしない。相変わらず蔑《さげす》みの目で渋沢をみるだけだ。

「旧幕臣の渋沢栄一という男が、租税正として赴任する」

という通知は事前に受けている。しかしこれが問題になった。全員納得しない。

大隈重信のところに押しかけていった連中もこの中にいる。敵意に満ちた目で渋沢

をみた。しかしこんな目でみられたからといってひるむような渋沢栄一ではない。ここはかれが持っている、

「武士気質」

が突っ張りになった。かれは背は低く小太りな男だった。顔は写真でみる限りひじょうに柔和だ。が、気性は激しい。

「押されたら黙ってへこまない。押し返す」

という反抗心もあった。渋沢栄一は自分の席に腰かけ、役人たちに話しかけるのをやめた。持ってきた、『外国の税制度』に関する本を読みふけった。ひそひそ話はつづく。が、そのうちに誰かが、

「あのときの戦争ではおれは会津のなになに隊を討ち破った」

という自慢話が出た。それがきっかけになって、たちまち、

「戊辰《ぼしん》戦争における手柄話」

に花が咲きはじめた。渋沢は胸の中で舌打ちをした。

（新政府といっても、構成員の役人たちはこんな自慢話に花を咲かせて時間を過ごしているのか）

と感じた。そして、

（こんなやつらに給料を払うのは税金のムダ遣いだ）

と思った。が、かれらの自慢話がそのまま各人の功績となって現在の地位を得ているのだから、渋沢のような旧幕臣の立場で、

「けしからん」

といって人事を一新するわけにはいかない。

(この連中と付き合っていかなければならない)

と考えると憂鬱《ゆううつ》になったが、しかし渋沢はひるまない。

(徹底的に大改革を加えてやる)

と決心した。たとえてみれば自分は山の五合目あたりに落下傘降下したようなものだ。五合目から上にいる連中も下にいる連中もどうしようもない。渋沢が考えたのは、

(この連中を上と下とから挟み撃ちにしてやろう)

ということである。挟み撃ちにするというのは、かれから上の層に対しては伊達や大隈の力を借りて改革を促し、下の連中に対しては国民と直結して挟み撃ちにしてやろうということだ。しかしその作戦は慎重に進めていかなければならず、いきなり突出するとたちまち総スカンをくって反発をくう。改革どころか渋沢自身の立場も危うくなる。そうなるとせっかくひいきにして自分を引っ張ってくれた伊達や大隈に対しても申し訳のないことになる。

渋沢はもともと気が短い。そこでかれは腹が立つたびに、

（ひとつ、ふたつ、みっつ……）

と数を数えた。十まで数えるとだいたい怒りが収まる。そうしたうえで、

（この事態をどうするか）

と本格的な改革案に取り組む。腹が立ったまんま改革案を考えると、なにがなんでも、

「この連中をやっつけなければ気がすまない」

というような感情論が前に出た、報復が目立つ。それでは改革はできない。相手の納得も得られない。渋沢は、

（改革をすすめるうえには、やはり形のうえからととのえていかなければだめだ）

と考えた。いってみれば、

「大蔵省という器《うつわ》を新しくする」

ということだ。

「新しい酒は新しい皮袋に盛る」

ということばがある。いまの新政府は徳川幕府を倒した新しい皮袋のはずなのに、ぜんぜん新しさがない。旧態依然たるものをそのまま残している。しかも役人たちが話しているのは、

「戊辰戦争の手柄話」

でしかない。

「水は方円《ほうえん》の器にしたがう」

ということばもある。水というのはひじょうに柔軟な存在だから、容器いかんによっては自分の形も変えていく。方すなわち四角い入れ物に入れれば四角くなり、円すなわち丸い入れ物に入れれば丸く姿を変える。その間にためらいはない。しかし大蔵省の役人は、水とは違う。相当にしたたかな存在だ。

(しかし、そのしたたかな存在も、大蔵省という入れ物を替え、同時に仕事のやり方を抜本的に改革すれば、絶対に変わっていくはずだ)

栄一はそういう信念を持った。

政府の改革を決意

渋沢栄一は大体の案をまとめると大隈重信のところにいった。そして、

「先日、伊達卿にお目にかかったときに、私は単に租税のことだけでなく大蔵省全体、あるいは政府全体の抜本的な改革も考えて欲しいといわれました。そこでこれを実行するためにこの省内に『改正掛《かいせいがかり》』を設けていただけませんか」

といった。

「改正掛？」

「そうです。とりあえず大蔵省の組織・人事・仕事のやり方を改正する掛です」

「おもしろい。で、改正の根本原則は？」

大隈は乗り出した。渋沢は、

「なによりも、入《い》るをはかって出《い》ずるを制する、という会計原則を打ち立てることです。いまこれがめちゃめちゃです」

「同感だ。よし、ぜひ頼む。きみが掛長になれ」

大隈は快諾した。そこで大隈に太鼓判を押してもらった渋沢は自分の改正案を出した。大隈は驚いた。

「もう案ができているのか？」

「案も持たずに組織をつくっても意味がありません」

「なるほどな。さすがにパリ帰りは違う」

大隈はそういって渋沢が出した案に目を通した。読みながら顔が赤くなったり青くなったりする。しかし目は爛々《らんらん》と輝いていた。読み終わると、

「おもしろい。伊達さんにも話す」

そういってくれた。渋沢はうれしそうに頬をゆるめた。

このとき渋沢が考えたのは、年月に多少のズレはあるが次のようなものであった。

・税は、国民のアセとアブラである自覚を持つ。
・各省庁は大蔵省を誤解している。それは「各省庁は、必要な予算を要求し、大蔵省はそれに異を唱えず、逆に必要な資金を調達するのが責務だ」と思い込んでいる。これは誤りだ。
・大蔵省は査定権を持つ。査定権というのは、各省庁の要求額を事業に即して考え、その事業をおこなうべきかどうかを吟味し、同時におこなう場合にも要求額が妥当であるかどうかを吟味することだ。
・財政運営の具体的な事務手続きについては、アメリカで使っている簿記を導入する。

などというものである。一言でいえば渋沢が打ち立てたかったのは、

「大蔵省は各省庁のいいなりになる役所ではない。査定権をもって国家財政を運営する役所である。国家財政運営の根本原則は、入るをはかって出ずるを制するということだ。それを実務的に実行するのには、江戸時代から伝わってきた大福帳ではだめで、欧米諸国で使っている簿記が適当だ」

ということであった。しかしこの簿記の導入は大蔵省内に大きな混乱を起こし、

騒ぎとなる。渋沢栄一と同格の局長である得能良介が渋沢のところに怒鳴り込んできて、

「おぬしが持ち込んだ簿記がいま省内に大混乱を起こしている。事務手続きが面倒でかえって時間がかかる。昔の大福帳のほうがいい。即刻取りやめたまえ」

と直談判した。渋沢はわらって、

「いや、日本が近代国家になるためには財政運営も近代化しなければなりません。最初はちょっと面倒ですが、複式簿記のほうがはるかに財政の実態をあらわすのに正しい方法です」

と譲らない。得能は怒って渋沢に殴りかかり突きとばした。よろめいた渋沢は一瞬、

（なにを！）

と持ち前のきかん気を発揮して得能と一戦交《まじ》えようかと思ったが、すぐ例によって、

（ひとつ、ふたつ……）

と数を数えはじめた。五つまで数えたときに怒りが収まった。柔和な笑みを失わずに、

「得能さん、ここは役所ですぞ。あなたはその役所の国民の範《はん》たるべき局長ではあ

りませんか。暴力はおやめなさい」

と制した。さすがに得能もそのまま去っていった。しかしこの問題は不問に付されず怒った渋沢の上司井上馨はたちまち得能を罷免《ひめん》した。

得能は薩摩人だったが、やがて呼び戻され大蔵省の局長に返り咲く。渋沢栄一はのちに第一国立銀行の頭取になるが、金融政策の面でどうしても大蔵省の承認と協力を得なければならないことが生じ省を訪ねた。このとき会ったのが得能である。得能は昔のことを覚えていた。しかしかれはニコニコわらいながら、

「あのときは自分の不明でまったくあなたに申し訳ないことをした」

と謝罪した。渋沢が頼んだ一件は得能の一存で承認された。しかしそこにいたるまでのふたりの確執はすさまじかった。

新政府トップ層の財政無視

こうして〝薩摩藩閥〟のひとりである得能との確執はいちおう終わることになった。

それは、ひとつは渋沢がそのころは大蔵省を辞めて実業界に入り、銀行関係の仕事を主とする財界人になっていたことが理由だ。はっきりいえば、

「官を辞めて野《や》に下った立場」

にあったことである。

これに対し得能は大蔵省の銀行局長になっていた。渋沢はこの時第一国立銀行の頭取である。いってみれば、

『官と民』

の立場の差があり、得能にすれば、

「渋沢を管理監督する権限をもっている」

という考え方が寛大な態度をとらせたのだろう。そしてまだ日本全体には、

「銀行とは何か、またそのメリットは何か」

ということがそれほど行き渡っていたわけではない。

が、いずれにしてもかつてつかみ合いまでおこなった得能がニコニコわらって、

「過去は水に流しましょう」

といってくれたことは頭取の渋沢にとってはありがたかった。

しかし渋沢と得能の和解はいってみれば、

「海面上にあらわれた大きな氷山の目に見える一角」

であって、

「海面下に存在する氷山の巨大な部分」

の解決には結びついていない。海面下に存在する氷山の巨大な部分とはいうまでもなく、

「藩閥の存在」

である。

大蔵省のトップである大蔵卿の伊達宗城は、

「新政府の首脳陣は、すべて大名家の下級武士だ」

といった。これはいろんな意味に解釈される。伊達宗城自身は伊予宇和島の藩主だった。現在大名で、新政府の要職に就いているのはそれほど数は多くない。まして や宗城のように能力を評価されていろいろな部署を歩いている人物は少ない。多くは、飾り物だ。そんな連中に対して下級武士たちがどんな気持ちをもっているかはよくわかる。

もともと幕府が倒れ新政府ができる前に、藩の下級武士たちは藩政にかかわりをもっていた。その時に藩主と下級武士とが中間の重役やいまでいう管理職を抜いて、

「あ・うんの呼吸」

を保ってきたコンビもある。が、多くは下級武士のほうから、

「うちの殿様はまったく時勢に遅れ判断を誤っている」

と考えた者も多い。そういう連中は半分は脱藩した。それは、

「藩に迷惑をかけてはならないから。殿様を苦しめてはいけないから」

というのが理由だった。が、もう半面は、

「うちの殿様には何を話しても駄目だ」

と、その能力に対する見限りがあったこともたしかである。

その意味では幕末の各藩内はばらばらだった。大きな亀裂が生じそのすきまがどんどんどんどん大きく広がっていったといっていいだろう。それが徳川幕府を倒壊させ、同時にまたまもなく藩を廃止させようとしていたのだ。

しかしだからといって、新政府の要職に就いた旧藩の下級武士たちが、

「開明的な精神」

をもっているわけではない。その精神はあいかわらず、

「士農工商意識」

による、

『武士は食わねど高楊枝《たかようじ》』

という、ソロバン蔑視だ。

第四部

経世済民《けいせいさいみん》

二宮仕法をすすめる西郷

渋沢栄一は、今しがた訪ねてきた西郷隆盛が、

「幕末の相馬藩で実践していた、二宮尊徳《にのみやそんとく》先生の興国安民法《こうこくあんみんほう》を政府でも活用したらいかがか。そしてそれで得た益を陸軍と海軍の予算に回してほしい」

と話すのをきいて思わず胸の中でつぶやいた。

(西郷先生はいったい二宮金次郎《きんじろう》の報徳仕法《しほう》をどのくらい理解しておられるのだろうか)

そこできいた。

「恐れ入りますが、西郷先生は二宮尊徳先生の仕法をどの程度ご理解になり、またどのようにご評価なさっているのでしょうか?」

これに対し西郷は、

「あっはっは」

とわらい出した。そして、

「おいはふゆっごろ(なまけもの)でごわす。いっぺこっぺ(あっちこっち)ききもしたが、よくわかりもうさん。渋沢先生はご存じでごわすか?」

と逆にきいてきた。栄一はほほえんでうなずいた。

栄一は二宮金次郎の『報徳仕法』を知っていた。フランスから戻って静岡に旧主の徳川慶喜を訪ねた時、あまりにも慶喜と旧幕臣たちのくらしがひどいので、

「この地域で産業を奨励し、慶喜公と旧幕臣たちの生活を立て直さなければだめだ」

と考えた。静岡藩徳川家という一大名家になったのだから、むかしのように、

「藩内の産業を振興して、必要な資金を調達する」

ということを求められる。何といっても農業振興が要《かなめ》になる。栄一は徳川家が政府から給された駿河《するが》、遠江《とおとうみ》、三河《みかわ》の地方をくまなく歩き回った。

「何を育てれば、この地域が盛り上がるか」

と、いわば、

「駿《すん》・遠《えん》・三《さん》の三国がもっている国内資源」

を捜し求めたのである。この時、意外と駿河、遠江、三河の国内に二宮金次郎の教えた、

『報徳仕法』

が各地に根強く定着していることを知った。

相模《さがみ》国大山《おおやま》の修験道の家に生まれた安居院《あごいん》庄七《しょうしち》が、

「あたらしい農業技術」を求め、たまたま学んだ報徳仕法をこの地域にも伝えていたからだ。共鳴して地域に根づかせたのが駿河の石田村《いしだ》の石垣治兵衛《いしがきじべえ》であり、遠江の下石田の神谷与平治《かみやよへいじ》、それに倉真村《くらみ》の庄屋である岡田佐平治《おかださへいじ》だった。

岡田佐平治は熱心な報徳仕法の信奉者で息子の岡田良一郎《りょういちろう》を安政元年（一八五四）に二宮金次郎のところへ直接行かせて学ばせた。金次郎はなかなか門人など取らないほうだったが、なぜか良一郎を気に入り、

「遠州の小僧」

と呼んでかわいがった。そして息子の弥太郎《やたろう》（尊行《たかゆき》）に、

「おまえが指導してやれ」

といって良一郎の面倒をみさせた。

十分に報徳仕法の精神を身に付けた良一郎は生まれ故郷の倉真村に戻ってきた。この地域は掛川藩《かけがわ》の支配地だ。良一郎はやがて佐平治のあとを継いで庄屋になり、藩に対ししばしば自分の土地でとれた米を献納した。藩ではこれを、

『掛川藩報徳資金』

と名づけて別立ての特別会計をつくり、

「藩民が困窮した時の救済資金」

にした。希望者には、

「無担保五分の利子」

という好条件で貸し付けた。

この掛川藩報徳資金が発展してのちに、

『大日本報徳社』

になり、現在も活動を続けている。

『報徳仕法』の骨子は、
一　分度《ぶんど》を建てる
二　勤労する
三　推譲《すいじょう》する
というものだ。

これに対し、この仕法がおこなわれたのちに、推譲を受けた連中が、

「徳に報《むく》いる」

というかたちで、恩を返す。金を借りていれば利子をつけて返す。これが、のちの、

「無尽そして信用組合」

に発展した、といわれる。が、無尽や信用組合に簡単に結びつけていいかどうか

はわからない。つまり、その運営の底に、

「推譲の精神」

があるかどうかが問題なのだ。

相馬《そうま》藩というのは、陸奥《むつ》中村《なかむら》に拠点がある六万石の大名家だった。

ここの出身者に富田《とみた》高慶《こうけい》という人物がいた。相馬藩士の次男に生まれたが、十七歳で江戸に出た。病気がちだったためにオランダ医者の治療を受けていた。この時に、

「二宮金次郎という人物が、独特な仕法で疲れ果てた農村を復興している」

という噂をきいた。このころ金次郎は下野《しもつけ》国（栃木県）の桜《さくら》町にいた。桜町は小田原藩主大久保家の分家宇津《うつ》家の領地である。金次郎は小田原の家を売り財産を全部処分してこれを復興資金として桜町に永住するつもりで努力を続けていた。

天保《てんぽう》十年（一八三九）二十六歳になった富田高慶は桜町に行って、

「門人にしてください」

と頼んだ。金次郎は断った。ねばりにねばった高慶は四カ月の後にやっと弟子入りすることができた。

以後、高慶は二宮金次郎に影のように寄り添い、師の教えを身に付け同時にまた師がおこなう仕法の手伝いをした。

各地で仕法を進め、弘化《こうか》元年（一八四四）には幕府直轄領である日光領の仕法を文書化することもおこなった。

この縁によって相馬藩ではすでに二宮金次郎の存在を知っていた。そして富田高慶にしきりに、

「二宮先生に相馬藩にきていただいて仕法を進めていただきたい」

と何度も使いを送った。富田高慶も自分の生まれ故郷のことなので、それとなく金次郎に、

「先生、相馬藩からこういう話がきておりますが、いかがでしょうか？」

とおそるおそるきいてみる。そのたびに金次郎は、

「いまはそんなひまはない。わたしは桜町の復興で手がいっぱいだ」

と断った。

相馬藩は文政《ぶんせい》から天保にかけてはなはだしい財政難に落ち込んだ。理由は、

「元禄《げんろく》時代の浮かれた生き方」

にあった。元禄時代は相対的に日本中が浮かれたくらしではしゃいでいた時代だ。しかし相馬藩の領民はその中でも著しかった。というのは、相馬藩の高《たか》は六万石であるのに人口が実に八万人以上もいた。こんなことは当時の大名家に例がない。くわしい統計はないが、慶応四年（一八六八）に元号が明治と変わり、江戸が

東京と改められたころの日本の総人口は約三千三百万人くらいだったという。徳川家康が幕府を開いた時の日本の人口が約千三百万人だったというから、二百六十年のあいだに二千万人増えたということになる。そして、慶応四年当時の米の総収穫量が三千三百万石程度であったという。乱暴な計算だが、

「日本人ひとりに米一石」

といえるかもしれない。ということは、六万石の収入があるというのは六万人の人間を養うことが可能だということだ。にもかかわらずここには八万人以上も人がいた。ということは、いかに相馬藩の土地が豊かで、

「相馬へ行けば楽なくらしができる」

という伝説的なことばが諸国に伝わり、多くの農民がわれもわれもと押しかけてきていたかということだ。

維新は幕府と藩の財政破綻事件

明治維新になってから大名家は先を争って、

『版籍奉還』

をおこなった。版というのは土地のことであり籍というのはそこに住む人民のこ

とだ。江戸時代は土地と住民とは切り離すことができないから、それを、

「まとめて朝廷にお返しする」

ということである。ということは、大名が、

「大名を辞めさせていただく」

ということである。

渋沢栄一が日本に帰ってきて、大名が次々と版籍奉還を申し出ている現状を見てびっくりした。パリにいた時に、

「主人の徳川慶喜が大政を奉還した」

ということをきいた時におどろいたのと同じだ。つまり、

「組織と人間と土地」

を所有し、それに対して最高の責任をもたなければいけない立場の将軍や大名が、いともあっさりと、

「お返しいたします」

と、あらゆる権限を投げ出してしまったからである。栄一にすれば、

「そういう行為は、権限を投げ出しただけでなく、責任も投げ出したことになる」

と思われ、はなはだ不快な感情をもった。

が、日本に戻ってつぶさに調べてみると、結局は、

「財政難によるやむを得ない行動」

であったことが判明した。

そこで静岡に行ってから、

「あたらしい徳川家とここに住む人々のくらしをいかにして豊かにするか。ぞくぞくとこの土地にやってくる旧徳川家の家臣のくらしをどうやって立てさせるか」

と考えながら各地を歩き回った。そして、

「金次郎の報徳仕法を実行している人々」

の話もきいた。しかしこの人々は、

「自分たちなりの思想と行動と理念」

をもっていて、それに反するようなやりかたにはあまり賛成しなかった。しかし栄一はこの時徹底的に、

「報徳仕法とは何か」

ということを学んだ。とくに相馬藩は元禄バブルに浮かれた人々のぜいたくな生活が幕末の財政難をもたらしたとはいえるが、それまでの藩主ならびに藩士の努力は他藩に例がない。というのは、藩主はつねに、

「みずから率先垂範《そっせんすいはん》して倹約生活を守り、藩士も民《たみ》の模範になるような改革努力」

に励《はげ》んでいたからである。にもかかわらず、何回も何回もくり返して襲う天災や

不作などによって、せっかく藩が保っていた富もどんどん減り、やがては、

「きょうのくらしをどう立てればよいか」

というところまで追い込まれてしまった。

藩は莫大な借金をした。この返済金の利子を払うだけでも年間の収入が消えてしまうほどになった。完全に手を上げた藩では富田高慶がしばしば告げてきた、

「二宮金次郎先生の報徳仕法をここで実現していただこう」

ということになったのである。

面子にこだわる相馬藩

しかしだからといってこの願いが相馬藩全体の願望であったわけではない。それは金次郎をしばしば妨害することになった武士側の、

「農民ふぜいに武士たるものが改革の指導を受けてたまるか」

という反発心がここでも頭をもたげたからである。富田高慶の連絡によって二宮金次郎の実力を知る相馬藩家老の草野半右衛門《くさのはんえもん》が、

「わたしが頼みに行く」

といい出した時、ほとんどの藩士が反対した。

「いきなりご家老がおでましになると二宮の奴がつけあがります。最初は郡代《ぐんだい》がよろしいと思います」

と城内の意見は一致した。草野は、

「富田高慶の話だと二宮金次郎という人物は相当に見識が高い。自分を大事にする人物だ。郡代でだいじょうぶだろうか？」

と不安をもった。が、藩の決定によって郡代一条七郎右衛門《いちじょうしちろうえもん》が出かけていった。草野は念のために、

「二宮先生には藩公とわたしからだといってこの品物を届けてほしい」

とみやげをもたせた。郡代の一条七郎右衛門は胸をそらせて桜町に出かけていった。そして富田高慶を通じ、

「このたび相馬藩主から代表として要望事項があって参った。これは藩公とご家老からのみやげである」

といって届けさせた。富田高慶は生まれ故郷の相馬藩のことでもあるので、品物をもって金次郎のところへ出かけていった。そして、

「郡代の一条さんがお目にかかりたがっています」

と告げた。金次郎はジロリと富田高慶を見返し、

「会わない。品物は返せ」

とにべもない返事をした。富田高慶は、

（おそらくそうなるだろう）

と思っていたから、そのまま品物をもって戻ってきた。

「こういう次第です。あなたにはお会いになりません」

といった。一条は不愉快そうな表情になった。富田をにらみつけて、

「おまえは、相馬の出身者だろう。なぜ会えるように取り計らわないのだ？」

とくってかかった。富田高慶はわらって、

「二宮先生はそういう方ではありません。帰ったほうがいいですよ」

といった。一条は、

「おまえはいったいどっちの味方なのだ？」

といった。そして、

「このままでは帰れない。お目にかかれなければおれの面子が立たない。何としても取り次げ」

と再度会見を迫った。しかたなくふたたび金次郎のところに行った富田高慶はこの時初めて、

「ここに至るまでの相馬家の藩主や藩士たちの努力」

を話した。

知りつくしている栄一

渋沢栄一はそのことを細かにきいていた。だから西郷隆盛にいった。

「二宮金次郎さんの報徳仕法というのは、何よりもまず分度を立てることが根幹になります」

「ぶんどとは？」

きき慣れないことばなので西郷はきき返した。栄一は、

「分度というのは、基本的には入《い》るをはかって出《い》ずるを制す、という財政の原則を守ることです。つまり、一年間に相馬藩ではどれだけの収入があるのかということを確定することです」

「そげんことはおはんらがいまの政府でもやっていることではなかか」

西郷はそう告げた。栄一はわらった。

「やっておりますが、なかなか陸軍や海軍には理解してもらえません」

とここでチクリと薩摩閥の横暴さに触れた。西郷は一瞬なにという表情をしたが、すぐあっはっはとわらい出した。食えない男だ。

かつて坂本龍馬が勝海舟の使いで西郷に会った時、戻ってきて勝にこういった。

「西郷という男は、大きな太鼓のようなもので底が知れない。小さく叩けば小さく響き、大きく叩けば大きく響き返す」

　これは、

「相手の器量によって自分の実力を小出しにする」

ということだろう。この話を知っている渋沢栄一は、

（きょうの西郷さんはいったいどの程度まで自分の本心をみせるだろうか）

　と関心を示した。

「二宮さんが分度を立てるといっても、一年間の収入を確定すればいいということではありません。二宮さんが相馬藩に求めたのは数十年にわたる収入の実績です」

「数十年？」

「そうです。現在の新政府でいえば徳川幕府時代の収入にまでさかのぼって数字をおさえるということです」

「そげんことは無理だ」

　西郷はつぶやいた。栄一はうなずいた。

「そのとおりです。現在新政府になってからの国家収入はまだあたらしい制度がはじまったばかりで、これを確定することは容易ではありません。二宮金次郎さんの報徳仕法を用いるにしても、もし二宮さんがここにおられたら二十年三十年たたな

ければ分度は立たないとおっしゃるでしょう」

「二十年も三十年も待てん」

「そうだと思います。したがってまず新政府の分度を立てるということは不可能だということなのです」

「さっきいわれた報徳仕法とやらのそのほかのやりかたはどげんものでごわすか?」

「分度を立てたあと、地域の人々が一所懸命働きます。働きぐあいによっては分度で立てた収入を上回ることもあるでしょう。二宮金次郎さんはその上回る分を他に差し出せとおっしゃるのです。差し出しかたも、まず自分に差し出し家族に差し出し地域の人に差し出し、そして最後は国に差し出しなさいということです」

「なかなか立派な考えじゃ」

「はい。それによって、二宮金次郎さんはこの世の中が豊かにまた生きがいのあるものになるといわれるのです」

「おはんもどうかそれを新政府で活用してくださらんか」

「だめでしょうな」

「どげんして?」

西郷隆盛は真剣になった。目の底が光っている。

「返答いかんによっては許さんぞ」

と、鋭い意味をこめて大きな目玉をギョロリとむいた。しかし渋沢栄一は平気だった。二宮金次郎の報徳仕法について語るかぎり、かれにも自信があったからである。栄一は答えた。

「なぜだめだかを、申し上げます。相馬藩においては、二宮金次郎が立てた分度に従い、藩主以下全藩士がこれを守ることを約束しました。つまり、金次郎さんが立てた収入額に応ずる支出額を守ることを全員が誓ったのです。そして、収入額を超えて全員の努力がさらに利益をもたらした時は、それを何かの時に支出する基金として別に積み立てることを実行しました。つまり、相馬藩における財政改革の目的は民を豊かにすることにあるのであって、藩主や藩士たち武士が豊かになることではないということをはっきりさせました。同時に藩の赤字を克服することは、そのまま民の負担を軽くすることだというふうに目的を設定したのです。相馬家の藩主は元禄時代からけっしてぜいたくなくらしはいたしませんでした。民がぜいたくなくらしに走っても、藩主や藩士たちはつねに分度を守って質素なくらしに甘んじてきました。これが百年以上も積み重なっておりましたから、相馬藩の藩民たちもお殿様やお役人様があそこまでご苦労なさっているのに、われわれも手をつかねて黙ってみているわけにもいかないという気運が盛り上がりました。これが藩全体の気風となって、心をあわせて改革に努力しはじめたのです」

「……」

西郷隆盛の表情がくもってきた。胸の中で、

(こいつはいやなことばかりいう)

と思いはじめたのだ。西郷もばかではない。栄一のことばの意味がよく理解できた。

経済とは〝経世済民〟のことだ

渋沢栄一は、実をいえば西郷がもってきた、

「相馬藩の興国安民法」

というういいかたに感心していた。つまり、興国安民法というのは、

「国を興《おこ》し、民を安《やす》んずる」

ということだ。

いま新政府の陸軍や海軍が大蔵卿を通じて、

「われわれの要求する予算はビタ一文削ってはならぬ」

といっているがはたして、

「国民を安心させるような考え方」

がその底に存在するのだろうか、と栄一は疑問に思っていたからだ。その意味では相馬藩における藩主から藩士に至るまでのつまりトップから末端に至るまでの努力は涙ぐましい。栄一にすれば、

「相馬藩のそういう姿勢をこそ学ぶべきではないのか」

といいたい。が、それをいってはおしまいだと思った。

栄一は中国の儒学にも造詣《ぞうけい》がある。中国の古いことばに、

『経世済民』

というのがある。意味は、

「乱れた世の中をととのえ、苦しんでいる民をすくう」

ということだ。この中から『経』の字と『済』という字を取って、

『経済』

と呼ぶ。経済といえばすぐ銭勘定のことだと考えがちだがそうではない。前提として、

「乱れた世の中をととのえ、苦しんでいる民をすくう」

というヒューマニズムがある。しかし乱れた世をととのえるためには、まず、

「苦しんでいる民をすくう」

ということが前に出なければならない。陸軍も海軍も、

「自分たちの予算要求についてはビタ一文も削るな。必要な財源を捜してくるのが大蔵省の役目だろう」

などといわずに、

「いまは国民も長い戦争続きで疲れきっている。民力を休養させなければならない。税を引き下げるべきだ。そのためにはわれわれの予算も大幅に削ろう」

という姿勢が大事だ。栄一にすれば、

「いまの日本はいったいどこと戦争をする気なのだ？」

という思いが強い。幕末から維新にかけての国内戦争で日本は疲れきっている。とくに何かにつけて軍事費を徴収される民にすればたまったものではない。

（少しは楽をさせてやる気にはならないのか）

栄一はそう思っていた。

しかし西郷は西郷で栄一の話す、

「相馬藩における二宮尊徳の興国安民法の実践」

の中で大きく胸を打たれるものを感じていた。それは栄一が何度も繰り返し語った、

「たとえ民がいかにぜいたくなくらしをしていても、殿様以下役人のすべてが質素

倹約を守り続けた。それが率先垂範となって、藩の民たちもやがては心を入れ替え、改革に協力するようになった」

という一事である。

というのは西郷自身は渋沢栄一がきいたとおり、

「大きな屋敷は全部後輩に開放し、給与は机の上に投げ出したまま、使いたい者はだれでも必要な額をもって行け」

ということを実践している。いま栄一が目にしている西郷の服装も粗末だ。西郷自身はけっしてぜいたくなくらしはしていない。むかし、郡奉行所の下っぱ役人であったころの考え方はそのままもち続けている。だから栄一がいった、

「相馬藩では、殿様はじめ全役人が質素な生活に甘んじ、身を粉《こ》にして働いていた」

という一事は、そのままいまの明治新政府の役人たちに投げつけてやりたい。そういう思いを西郷も感じている。

とくに同僚の大久保利通をはじめ多くの高位高官たちが、大きな屋敷をデンと構え、移動する時は人力車にいばりくさってひっくり返っている。夜になれば宴会を開いてドンチャン騒ぎをしている。西郷隆盛はこういう実態を苦々《にがにが》しく思っている。だから栄一のいう相馬藩における藩主から藩士末端に至るまでの素朴な努力

が、ひしひしと身に伝わってくるのだ。それだけに旧幕臣の栄一から、

（相馬藩の連中のそういう努力にくらべると、いったい新政府の役人は何をしているのですか？）

となじられているような気がする。西郷は次第に気が重くなった。思わず、

（渋沢君のところにくるのではなかった）

と思った。せっかく妙案を思いついたとばかりに、

「幕末時、相馬藩で実践していた二宮尊徳の興国安民法をぜひ政府でも適用してはもらえまいか」

などといいにきたことが恥ずかしくなった。

説得される西郷

渋沢栄一は西郷隆盛にいった。

「二宮金次郎さんが、最初相馬藩からやってきた郡代に会うのを渋ったのは、金次郎さんにすれば、こういう問題は藩主みずからが出てこなければいけないという考えがあったからです。それほど大事なことなら、藩の責任者である殿様が出かけてきて金次郎に仕法をお願いしたいというべきだという考えがありました。それを相

馬藩のほうでは、武士のメンツにこだわって家老が行くというのを押しとどめ、まず郡代でいいというような姑息《こそく》な態度を取りました。これは、小田原藩大久保家の扱いで二宮金次郎さんが経験したことです。したがって大名家のやり口を金次郎さんはよく知っておりました。案《あん》の定《じょう》、やってきたのは郡代です。そこで金次郎さんは郡代には会いませんでしたが、富田高慶にはそのことを話しました。こういう時に、藩主みずからやってこないのは今後の改革に対して熱がないということだ。つまり藩が財政を再建するということは、藩の分度を定めることが何よりも先決になる。藩の分度を定めるということは、藩主や家老も含めてその分度に従うということになる。にもかかわらず、郡代あたりが出かけてくるというのは、まだ藩主や家老たちに認識が足りないからだ。そんな藩の財政再建など手伝う気にはなれない、といいました。

いまの新政府がおこなうべきことは、長年の戦乱に疲れた日本国民の民力を休養させることだと思います。それには国民の負担を軽くすることが何より大切です。つまり、日本国家としての分度を立てる必要があります。その上で政府の高位高官の座にある方々が率先して質素倹約を守り、民力休養に力を貸すべきではないでしょうか。さいわいにこのたびのお話には西郷閣下がみずからおいでになり、私に大きな栄誉を与えてくださいました。これには感謝いたします。しかし、二宮金次郎の相馬藩における興国安民法を新政府に適用するとするならば、この分度を立てることから始めざるをえません。おそらくその分度というのはいまの政府予算に対して、相当きびしい注文を出すことになるでしょう。いまの政府高官の予算に対する考え方は、入るもはからず、出ずるも制さずという目茶苦茶なものです。これでは国家財政は成り立ちません。やがて崩壊します」

ここで栄一は突然西郷にきいた。

「西郷閣下」

「はい」

「失礼ながらいまのあなたのご職分は何でありますか？」

「参議《さんぎ》でごわす。それが何か？」

西郷はきき返した。栄一はいった。

「その参議ともあろうお方が、ご公務が大変お忙しいにもかかわらず、わざわざ私風情《ふぜい》の家においでくださいました。しかも二宮翁の遺法存続にご尽力なさるということは、まことに見事なことであります。しかし西郷閣下、あなたが本当に興国安民法をよい制度だとお思いになるのなら、なぜご自身がこの良法と反対なご処置をお取りになるのですか？　大蔵省が一所懸命に組んだ国家予算を公平に各省に割り当てるとかならず文句が出て、あそこからもここからもわが省の仕事は緊急だからそれだけの額を上積みせよと声が立ちます。そして、そんな財源はないと断れば、それを捜してくるのが大蔵省の仕事だろうと無茶苦茶なことをいいます。しかもその先頭に立っておられるのが参議殿であります。強《し》いてお断りすれば、井上はけしからん、渋沢はケチだなどと悪口ばかりおっしゃいます。二宮翁の興国安民法を先頭に立ってお破りになっているのは西郷閣下も同じですぞ」

　そういった。西郷は目をみはった。西郷隆盛にすれば、

（参議のおれがわざわざ出かけてきたのだから、渋沢などという旧幕臣の小役人は恐れ入って、かならずいうことをきくにちがいない。だいいちおれはほかの人間とはちがって、ただ予算をよこせといいにきたのではない。二宮尊徳の興国安民法という妙法を携《たずさ》えてやってきたのだ）

　という自信があった。それを渋沢栄一は真っ向から西郷の鼻を叩き折った。だいいち西郷自身、二宮金次郎の興国安民法の内容を知らなかった。ところが栄一のほうは静岡の経験でとことん隅の隅まで調べ尽くしていた。しかも栄一の考え方の根底には、

「経済とは何か。それは経世済民の略である」

　という理念がある。そのことは、

「為政者は何よりも民に対して仁《じん》の道を実行しなければならない」

という儒教からきた、

「政治家のあり方」

にまでつながっているものだ。これは何もきのうきょうの付け焼き刃ではない。徳川幕府に籍を置き、最後の将軍慶喜の侍臣《じしん》として仕《つか》えていた時からずっと考えていたことだ。

栄一の失望

次第に元気を失った西郷隆盛に、栄一はいった。

「閣下、私だからまだこのような程度で済みますが、二宮尊徳翁が生きていて閣下と向き合っていたら、もっときついことを申したかもしれませんぞ」

「そうかもしれんな。おいもそう思いもす」

西郷は苦笑した。栄一はさらに西郷を追い込んだ。

「閣下、どうか日本国政府の参議として一相馬藩の良法を保存することなどよりも、日本全体の興国安民法の実施にお尽くしください」

「わかりもした」

西郷はあきれた。そして、

「きょうは、いったい渋沢君にものを頼みにきたのか、叱られにきたのかわかりもさん。こりゃいかん。帰りもそう」

と、わらって立ち上がった。この瞬間に賢明な西郷はすでに事態をよくつかんでいた。

（この渋沢には何をいっても無駄だ）

と思った。同時に、

（旧幕臣だが渋沢には気骨《きこつ》がある。筋が一本通っている。自分が信ずることはぜったいに譲らない）

ということも知った。

渋沢栄一は最後に、

「相馬藩における二宮翁の良法の保存などに関心をもたずに日本全体の興国安民法をお考えください」

と告げたのは半分は期待もあった。

渋沢栄一は二宮尊徳の『報徳仕法』が実行できるのなら、ぜひ国家財政にも適用したいと考えている。しかし、

（それは無理だ）

とあきらめていた。

相馬藩における成功は、あげて、

「藩主というトップから末端に至るまで全役人が心を合わせて質素倹約に徹し努力した」

というところにある。いまの政府にそれは期待できない。われ先に予算のぶんどり合戦に目の色を変えているような現状ではどうにもならない。そして少しでも予算をぶんどれば、

「勝った、勝った」

と喜びの声を上げ、

「どうだ？　おれの力は」

と藩閥同士で自分たちの実力を誇り合うようなていたらくだ。このことは依然としてかれらが、

「むかしながらの武士かたぎ」

をもち続けていることをものがたっている。栄一はもっと皮肉な考え方をする。

（伊達卿がおっしゃったように、いまの政府の首脳部はすべて古い大名家の下級武士だ。その実力はたしかにすばらしい。藩の下級武士だった連中が国家を背負っても十分に仕事を為《な》し遂《と》げていくという力量は見事なものだ。しかしその根性たるや、やはり下級武士たるがゆえに予算のぶんどり合戦に血道をあげているのではな

いか。藩上層部にいた武士ならそんなみっともないまねはしないだろう)

と、武士の階層別の精神のもち方にもメスをふるう。しかしそんなことをいえば袋叩きにあうから、栄一は口に出さないだけだ。

だが、きょう訪ねてきた西郷隆盛は、おそらくそのへんのことも察知したにちがいない。西郷にすれば面目《めんぼく》がなかった。それは旧幕臣の渋沢栄一に徹底的にやっつけられ、自分が持ち込んだ案は否定され、しかも、

「日本全体の興国安民法をあなたの手で実現してください」

などと煽《あお》られる始末だ。早くいえば西郷は自分の思い込みをたしなめられて、すごすごと帰っていったようなものである。

(これが大久保利通さんだったらどうだったろうか)

西郷がいなくなった後、栄一は腕を組んで考えた。そして潔《いさぎよ》く降参して苦笑しながら戻っていった西郷を、

(実に器量の大きな人物だ)

と感嘆した。そして、

(できればあしたから新政府内で西郷さんがおれの気持ちになり、ゴリ押しをする下級武士出身の官僚たちを少したしなめてくれればありがたい)

と思った。

西郷の真意

しかし西郷はそんなことはしなかった。西郷自身にも思惑がある。薩摩藩島津家はほかの大名家にくらべると江戸幕府成立の前から、

「藩民の中における武士の占有率」

がひじょうに高い。そのためどんどん様変わりしていく日本の中で、

「武士のくらしをどう立てさせるか」

ということが西郷にとって難題になっていた。

長州藩出身の大村益次郎はすでに、

「日本国軍は一般からも募集すべきだ」

といい出している。大村益次郎は暗殺されたが、その後を引き継いだ山県有朋《やまがたありとも》もこの路線を踏襲した。

『国民皆兵』

の実現だ。長州藩は幕末にこれを実行していた。徳川幕府が第二次長州征伐を実行した時、国境を囲んだ幕府軍に対し、長州藩は武士だけでなく農工商、僧まで参加させて、

「挙国一致の防衛軍」

を編制した。そして、各国境でこの挙国一致軍が次々と幕府軍を打ち破った。幕府軍は敗退した。

この自信が長州藩にはある。したがって大村益次郎や山県有朋が、

「今後の日本国軍は一般からも募集すべきで国民皆兵とすべきだ」

と兵役を義務化する計画を進めている。これが実施されれば武士の立場はなくなる。いっせいに失職する。長州藩は、

「かつての経験からすれば武士は弱い。一般市民のほうが強い」

と実績で実証する。これには西郷も文句はいえない。事実だからだ。しかし、

「それにしても」

と西郷は悩む。西郷が心配しているのは薩摩藩の上級武士のことではない。下級武士のことだ。

「戦争以外生き方を知らない連中をどうすればいいのだ?」

と思っている。そうかといっていまの日本国軍がどこかの国と戦争するわけにはいかない。西郷はいま窮地に追いつめられていた。しかも渋沢栄一という旧幕臣や長州藩出身の井上馨などによって、

「陸軍や海軍の予算はどんどん削る」

などということがおこなわれれば、

「新政府は旧幕臣たちのいいなりになって国軍の予算を削減している。いったい武士を何だと思っているのだ？」

という不満がいっせいに薩摩藩閥からもちあがるのは火をみるよりもあきらかだった。それだけではない。東京に出てくる鹿児島出身の若者たちによって、こういう情報はどんどん故郷にもたらされる。

「われわれの理解者であった西郷さんはいったい何をしておられるのか？」

と、不平不満の矛先《ほこさき》が西郷に向いてくるのもあきらかだった。

正直にいってきょう渋沢栄一と話している時に西郷は腹を立てた。老獪《ろうかい》なかれだから面《おもて》には出さなかったが、怒りが次第にこみ上げてくるのを感じた。

(旧幕臣の役人が何をいうのか)

と反発心がわいた。が、爆発する前に西郷が自制してその怒りを鎮《しず》めたのにはわけがあった。それは栄一がいった、

「いまの政府にははたして国民に対する仁の気持ちがおありなのですか。経済ということばは乱れた世をととのえ、苦しんでいる民を救うことの略です。経済の理念を実行するためには日本全体に興国安民法を適用する必要があります。それにはまずトップ層から生活を引き締め、国民に模範を示すことです」

という発言には痛いものを感じたからだ。胸をグサリと刺された思いがした。実をいえば西郷自身もそう思っていたからだ。

「この頃の政府の連中のぜいたくなくらしぶりは目に余る」

と感じていた。だから西郷はデモンストレーションのつもりで、自分自身だけは身を引き締め、質素なくらしをしている。しかし、そういう西郷の行動が若い政府役人にはわからない。

「天下を取った」

という意識でむかしの藩時代の下級武士の根性丸出しだ。

「実に苦々しい」

西郷はそう思っていた。それを渋沢からいい当てられたのがつらかった。だから怒った。しかし西郷は思う。

「おれが怒るべきは渋沢ではない。むしろ大久保をはじめとするいまの政府の高官たちだ」

ところが西郷が薩摩閥から離脱すれば、長州閥や佐賀閥や土佐閥と対立している薩摩閥がガタガタになってしまう。どんなに気に入らなくても西郷は、

「薩摩藩閥の領袖《りょうしゅう》」

としての立場を守り抜かなければならない。またその立場を守り抜くことが、か

れが心配する、

「薩摩藩の下級武士たちの生活を守ること」

につながってゆく。西郷は完全にジレンマに陥《おちい》っていた。そんな時に渋沢栄一から見事にポーンとお面を取られたからよけい悔《くや》しかった。

しかし一方の栄一にしても、

「あれだけいったのだから、さぞかしあしたからは西郷さんが政府の雰囲気を引き締めてくれるだろう」

などと思う反面、

「無理だ」

と感じている。

案の定だった。渋沢栄一から思い込みをたしなめられた西郷隆盛はべつだん政府要人たちに対し、

「疲れた国民を休養させるために、もっとわれわれ自身の生活を質素にすべきだ。俸給も高いものは遠慮すべきだ」

などとはいい出さなかった。渋沢栄一はそんな西郷の動きをみているうちに、

「西郷さんは何か企《くわだ》てていることがあるのではなかろうか」

と思いはじめた。

西郷隆盛自身、たしかにある企てを胸の中で育てはじめていた。それは、

『朝鮮への出兵』

である。

（その口実をどこに求めるか）

西郷は必死に模索しはじめていた。西郷にすれば進退きわまった薩摩藩士族の救済の突破口は、

（他国に対する出兵以外にない）

と思っていた。渋沢栄一がいくら、

「いまの日本国民は長年の国内戦乱で疲れ果てています」

といっても、そんなことは百も承知している。それよりも、

「このままいけば日本国軍は国民皆兵となって武士の座は一般庶民に奪われる。武士の存立基盤がなくなる。武士はすべて失業してしまう。生活に困窮する。そうはさせられない」

との思いが強く、このころになると西郷の関心は、

「下級武士の生活をどう保障するか」

という一点に集中する。

これが西郷の、

『征韓論』

と呼ばれるものに発展していく。

大隈の語る藩閥の恐ろしさ

栄一が西郷隆盛の申し出を蹴った翌日、大蔵大輔《たいふ》の大隈重信が今晩つきあえと誘った。

理由をきくと、

「西郷撃退の慰労会だ」

そう笑って自分のいきつけの料亭に連れていった。そしてかなり率直な話をしてくれた。大隈は、

「世の中ではわれわれのやることを藩閥政治だといっているが、たしかにそういう面がある」

と肯定したあと、

「しかし藩閥はなにも私利私欲をはかって自分たちの勢力を強めようとしているのではない。日本の国をいい方向に向けるにはどうしたらいいか、ということを互いに争っているのだ。したがってそれぞれ政策が違う。それと藩閥のいいところはも

うひとつある。それは後進の育成だよ」

不意にそういうことをいい出した。

それまで不審な表情で酒をのんでいた栄一は、目を輝かせて大隈のことばに耳を傾けた。

「後進の育成？」

「そうだ。藩閥官僚たちはいかにして自分たちの後継者を故郷から引き抜き、育てるかということに力をそそいでいる。薩摩の西郷さんなどきみも知っているように自分が政府から貰った給与を全部家の机の上に置いておいて、故郷から出てきた後輩が勝手に使うのを黙認しているよ。薩摩藩は薩摩藩なりに長州藩は長州藩なりに土佐藩は土佐藩なりにそれぞれ人材の育成には金も労も惜しまない。わが佐賀藩も同じだ。とにかく佐賀藩は後れて維新に駆けつけた組だからな」

そう笑った。そして、

「いまの政府でもっとも弱い点は政府首脳部がほとんど財政に暗いこと、外国知識が乏《とぼ》しいことだ。その点、きみはふたつとも手にしている。藩閥が人材育成をおこなっているといっても政治家養成にかたよっている。もっと財政と外国知識に明るい人材を育てる必要がある」

そういった。じっと栄一をみつめる大隈の目の底は、

(きみもきみなりに後進を育成すべきだ)

と告げていた。以前伊達宗城がいったことばにも通ずるような目つきだ。

大隈重信ははじめからいまのような開明的な人物ではなかった。若いころは佐賀藩でもかなり右よりの思想を持っていた。かれはいま佐賀藩を形成している副島種臣、江藤新平、大木喬任などとともに、枝吉神陽《えだよししんよう》の主宰する『義祭同盟《ぎさいどうめい》』の一員だった。

佐賀藩鍋島《なべしま》家はいうまでもなく藩士山本常朝《やまもとつねとも》の口述した、『葉隠《はがくれ》』の影響が支配的な大名家だ。書かれたころ(享保元年、一七一六)にはこの『葉隠』も新しい武士道として意味を持ったが、幕末になると次第に形式主義になる。保守的気風の土壌はすべて葉隠精神から生まれた。

大隈はこの藩風に反発した。そこで国学者枝吉神陽の『義祭同盟』に入った。

義祭同盟というのは、

「楠木正成《くすのきまさしげ》を尊敬する人びとの集団」

の意味である。国学者枝吉神陽は楠木正成とその子正行《まさつら》に心酔していて佐賀の八幡社にふたりの霊をまつった。そして折りに触れて祭をおこない、これを『義祭』と名づけた。大隈はかならずしも枝吉神陽の、

『国粋主義』に同調したわけではない。

同盟は姿勢としては藩に伝わってきた葉隠精神への抵抗を示した。これが大隈の気に入った。

大隈は藩校に身をおいていたときに、いつも、

「藩校弘道館《こうどうかん》の教育方針は古い。もっと新しくすべきだ。それにはオランダ学を重視しなければだめだ」

と主張していた。これが祟《たた》ってかれはついに退校を命ぜられてしまった。しかしそんなことでへこたれるような大隈ではなかった。大隈は学制改革のかわりに今度は藩政改革に矛先を向け変えた。そして、

「藩政に不平を抱く者は集まれ」

といって、いわば藩の『不平組』を組織した。が、この不平組の改革方針の中に、

「大坂と長崎に藩の貿易会所を設けて物産販売をおこない、藩財政を立て直す」

という一項目があったので、財政難に苦しむ藩も認めた。大隈はこの方面で才幹を発揮し、藩に多大の利益をもたらした。このへんは越前藩の三岡八郎がやったのと同じことだ。そういえば宇和島藩主伊達宗城も大名でありながら、積極的に物産会所を設けて藩富のために努力している。

大隈グループの台頭

大隈はいった。

「慶応二年ごろだったかな、おれは脱藩して京都へいき、しばらくしてあのころ最後の将軍になった徳川慶喜さんの腹心、原市之進《はらいちのしん》に会ったことがあるよ」

「原さんに?」

栄一はびっくりした。原市之進は栄一が慶喜に仕えていたころの謀臣《ぼうしん》として有名だった。そもそも栄一が徳川慶喜に仕えるようになったのも、原の前代の謀臣平岡《ひらおか》円四郎《えんしろう》にすすめられたからである。平岡円四郎もまた慶喜の謀臣として活躍した。しかし、あまりにもその活躍ぶりが目立ったので暗殺されてしまった。原市之進もやがて暗殺される。

「私も一橋家の家臣で京都におりましたから、原さんはよく知っています。いつごろのことですか?」

「おそらくきみが徳川昭武さんのお供をしてパリにいったころだと思うよ」

「そうでしたか」

栄一は感慨深げにそうつぶやいた。そして、

（人間のつながりというのは不思議なものだな）

と思った。

「原さんにどんなご用があったんですか？」

「慶喜さんに大政奉還をすすめるためだよ」

大隈はずばりといった。栄一は目をみはった。

「慶喜公に大政奉還を？」

「そうだ。あのころ、慶喜さんに大政奉還をすすめようという動きは、なにも坂本龍馬や後藤象二郎だけではない。かなりの人間が考えていたことだ。それを坂本の活躍で、後藤象二郎が受け継ぎ、前土佐藩主山内容堂公を動かして、幕府に取り次いだのだ」

「すると、大隈さんも武力討幕にはあまり賛成していなかったのですか？」

「反対だったな。うちの藩公鍋島さまも反対だった。鍋島家はなんといっても徳川家と縁が深いからね。それが佐賀藩の動向をあいまいにし、討幕を躊躇《ちゆうちよ》させた大きな原因になったよ」

「でも現実に佐賀藩は、いまこうして新政府に何人もの要人を送り込んでいるではありませんか」

「それさ」

大隈はわらった。

「結局、薩摩の西郷や大久保、あるいは長州の木戸や伊藤、山県、品川などの動きが武力討幕に凝り固まった。そうなると時代の流れというのは加速度を増す。佐賀藩は土佐のようにいつまでも大政奉還や共和制などとはいっていられない。この船に乗り遅れたら、新しい政府ができてもいいポストを占めることができなくなる。そこでおれたちは相談し、討幕の船に乗り遅れまいとして武力行使に方針を変えたのだ。しかし鳥羽伏見《とばふしみ》の戦いには間に合わなかったよ」

「どうやって新政府で力を得たんですか？」

「江戸の彰義隊《しょうぎたい》攻めで大きな手柄を立てたのさ」

大隈はそういってわらった。栄一は、

「ああ、そうでしたね」

とうなずいた。上野に籠った旧幕臣の彰義隊には、栄一と関わりの深い渋沢喜作《きさく》が参加している。喜作は成一郎《せいいちろう》と名を変えて彰義隊の頭取だった。しかし副頭取の天野八郎《あまのはちろう》と意見が合わず、脱退して別に振武《しんぶ》軍をつくった。

後を引き受けた天野八郎は政府軍の攻撃を迎えた。が、結構彰義隊は強く、また江戸市民もひそかに彰義隊に味方していたので、政府軍は攻めあぐんだ。はじめのうち攻撃の指揮を執ったのは薩摩の西郷隆盛だ。しかし一向に戦果があがらないので、政府は指揮者を長州の大村益次郎に替えた。西郷は大きな屈辱を感じたに違いない。しかし大村益次郎は躊躇しなかった。

「容赦せずに砲撃しろ」

と、大砲の弾を撃ち込ませた。このとき、世界最強のアームストロング砲を使って容赦なく上野の山に弾丸を撃ち込んだのが佐賀軍だった。

「その先頭に立っていたのがおれたち義祭同盟の面々だった。この彰義隊討滅で大きな戦果をあげたので、それまで鳥羽伏見の戦いにも間に合わず、肩身の狭い思いをしていた佐賀藩がにわかに脚光をあびた。そういってはなんだが、いま佐賀閥が新政府の中でいくつかの枢要なポストを占めているのはこのときの功績によったものだ。その後は東北地方に転戦して、威力を発揮した」

大隈はわらいながらそういった。

第五部

日本金融の礎《いしずえ》

藩閥の凄《すさ》まじい争い

　渋沢喜作こと成一郎は迫る政府軍に追われて箱館《はこだて》に逃げた。ここで榎本武揚たちと五稜郭に籠ったが明治二年に降伏して江戸の牢屋にぶち込まれた。しかし、赦免後は栄一の世話で大蔵省に勤めたりした。のちに官営の紡績工場である富岡《とみおか》製糸場の管理者になったりした。

　その喜作も若いころは栄一と同じように過激な攘夷派志士だった。ふたりでいつもいっしょに行動した。それが祟《たた》ってあちこち逃げまわっているときに、

「うちへこい」

　と誘ってくれたのが平岡円四郎だったのである。平岡の世話で栄一と喜作は将軍後見職《こうけんしょく》一橋慶喜の家来になった。喜作もけっこうこの勤めをこなし、しまいには奥祐筆《おくゆうひつ》にまで出世している。

　しかし、周囲から慶喜に対し、

「大政を奉還すべきだ」

　という意見が出たとき、喜作は真っ向から反対した。

「そんなことは薩摩の策謀に乗るようなものです！」

と畳を叩いた。が、結果として慶喜は大政を奉還した。怒った喜作は脱走し、反政府軍の一方の旗頭として最後まで抵抗運動を続けたのである。

そういえば大蔵卿の伊達宗城も、

「大政奉還派」

だった。宗城は早くから、

「血をみる武力討幕には反対だ」

と意思表明していた。大隈の場合はもっと責任のない立場にいたから、大政奉還派から簡単に武力討幕派に自分の態度を変えてしまった。

「そうするほうが佐賀藩の立場がよくなる」

と判断したからである。このへんの大隈たちの行動をみるとみんな、

「藩という組織を大事にしている」

ということがわかる。

(ここがおれと違うところだ)

栄一はつくづくそう思う。栄一の行動はせいぜい、

「徳川慶喜のため」

だ。限界がある。

「徳川家のため」

とか、

「徳川幕府のため」

という発想はあまりない。というのは、栄一自身も武蔵国の農家の生まれで、別に徳川家に対してそれほど恩義があるわけではない。たまたま巡り合った慶喜という主人を得て、

「この人に生命を捧げよう」

と感じたから、いまでも静岡にいる慶喜のことをなにくれとなく心配しているのだ。

そこへいくと大隈たちは、

「なによりも大切なのは藩だ」

という組織尊重の観念がある。これは薩摩藩も長州藩も同じだろう。だからいま、

「藩閥」

といわれて藩単位のグループ行動をしているのだ。

この夜の大隈の話は栄一の今後に大いに役立った。栄一はふたつのことを心に決めた。ひとつは、

「新政府の不得意な財政の分野で名を上げてやろう」

ということである。もうひとつは、

「その不得意な財政問題を解決するために、静岡にいる同志を多く集めよう」

ということだった。それがさらに、

「財政を大事にするような人材を次々と育てよう」

という考えに発展していく。


渋沢栄一が『租税正《そぜいのかみ》』に任命されたのは明治二年（一八六九）十一月四日のことである。その少し前の八月に民部省と大蔵省が合併していた。役職者たちは兼務だった。繰り返しになるが、

民部卿兼大蔵卿　伊達宗城
民部大輔《たいふ》兼大蔵大輔　大隈重信
民部少輔《しょうゆう》兼大蔵少輔　伊藤博文
民部大丞《だいじょう》兼大蔵大丞　井上馨、得能良介、上野《うえの》景範《かげのり》
民部少丞《しょうじょう》兼大蔵少丞　安藤就高
造幣頭《かみ》　井上馨（兼務）
出納正　林信立
監督正　田中光顕

などがメンバーである。大隈重信は、

「当時、井上はまだ大蔵省にいなかった」

と回顧しているが、井上は立派に渋沢栄一の上役として存在していた。そもそも簿記を持ち込んだのは長州人の伊藤博文だ。薩摩人の得能はそのへんのことを知っていて、

「長州人の持ち込んだ簿記など承服できるか」

と藩閥意識を持ったのかもしれない。だから栄一が簿記を採用しようといったことに対しても、得能は、

「渋沢栄一は旧幕臣でありながら長州閥にシッポを振る気か」

という考え方をしたのだ。この時代は、なにをするにも、すぐ、

「あいつはなになに派だ」

というレッテルを貼られてしまうので、生きづらいことおびただしかった。

栄一の政府改革

明治三年（一八七〇）七月、組織改革があった。民部省と大蔵省は分離した。上級職の兼務は解かれた。栄一も大蔵省プロパーの役人になり、三年八月二十四日大

蔵少丞に任ぜられた。

人事は次のようになった。

大蔵卿　伊達宗城
大蔵大輔　大隈重信
大蔵大丞　井上馨・得能良介・上野景範
大蔵少丞　渋沢栄一・安藤就高
造幣頭　井上馨（兼務）
監督正　田中光顕
租税権正《ごんのかみ》　前島密
営繕正　平岡温熙《ひらおかあつてる》
通商正　中島信行《なかじまのぶゆき》
出納正　林信立

前から兼任していた連中がそのまま現職に残された。
租税権正として前島密や河津祐邦が存在したのは、渋沢栄一の提唱した、「改正掛《かいせいがかり》」の兼務者にするためである。渋沢は前島の力量を高くかっていたので、
「ぜひともこの連中に、改正掛の仕事を手伝わせたい」

と上司の大隈に申し出て承認されたものだ。改正掛にはさらに赤松則良《あかまつのりよし》、杉浦愛《すぎうらあい》藏《ぞう》、鹽田三郎《しおたさぶろう》などが呼び寄せられた。前島以下全員、

「静岡藩士」

である。まわりの連中はこれにも目くじらを立てた。

「渋沢のやつは自分の腹心を全部静岡から呼び寄せて大蔵省を自分の思いのままにしようとしている」

と批判した。しかし、上司の大隈重信をはじめ、伊藤博文も井上馨もさらにいえば卿の伊達宗城まで、

「渋沢くんの改正に期待したい」

といっているので、手が出せない。

「渋沢たちはいったいどんな改正案を考えるのか?」

と虎視眈々《こしたんたん》と、

「妙な案を出せばすぐ叩き出してやる」

と手ぐすねを引いていた。

改正掛の連中が考えたのは、

・租税の納入を物納から金納に変えること。

・そのために、土地などの不動産と貨幣の換算基準を定めること。

・各藩が発行していた藩札を廃止し、日本国の通貨として全国に通用させる貨幣を発行すること。
・規定の法を改めること。旧幕時代の助郷《すけごう》、加助郷の制度は廃止すること。
・度量衡《どりようこう》を改めること。
・日本全国の測量をおこなうこと。
・戸籍を編製すること。
・給与制度を改めること。
・駅逓《えきてい》制度を改正すること。
などであった。

渋沢は駅逓改正にはとくに力をそそぎ、前島密を「駅逓権正」に任じた。この他に鉄道の敷設《ふせつ》、省官庁の建築基準、さらに仕事の分掌の規程化など、「大から小にいたるあらゆる件」について改正案をつくった。徳川幕府時代はいざしらず、近代国家になってからはじめての、「政府レベルにおける大規模な構造改革」の案をつくったといっていい。いや、いまよりももっと抜本的な改革がその根底に据《す》えられていたかもしれない。

渋沢栄一が積極的に改正案に取り組んでいるうちに明治四年になり、卿の伊達宗城が辞任した。そして大隈重信は「参議」に栄転した。代わって大蔵卿になったのが大久保利通である。大蔵大輔は井上馨が任命された。

省内にはまだアメリカから簿記を持ち込んだ伊藤博文がいたが、伊藤は親分の木戸孝允を見限って、しだいに大久保に接近しはじめていた。

(次の天下人は大久保さんだ)

という予感を伊藤は持っていた。伊藤は足軽身分から立身出世した、いってみれば〝今太閤〟といってもいいような存在だったので、機《き》をみるに敏《びん》でしかも勘が鋭い。

(木戸さんよりも大久保さんのほうが実権者になる)

とみていた。

大久保と激突

庇護者だった大隈重信が参議に栄転したため、大久保利通をはじめとする薩摩閥が大蔵省を仕切ることになった。前に渋沢栄一を突きとばした得能などはその代表だ。薩摩閥は大久保利通を卿にいただいて、

「わが世の春」

をうたい出した。

そうなると、栄一の理解者は長州出身の井上馨ひとりになる。

これが、やがて栄一に、

「大蔵官吏辞任」

の道を歩ませる。

というのは、渋沢栄一は大久保利通をひと目みて、

（この人物とは気が合わない）

と直感したからだ。大久保のほうも、すでに得能たちから、

「渋沢というなまいきな旧幕臣がいる」

ときいていたので、すでに渋沢に対する先入観や固定観念があった。ほんとうは
伊藤博文が〝天下人〟とみるほどの大実力者である大久保にすれば、そんな先入観
や固定観念によって、

「人間をみる目」

を曇《くも》らせてはいけないはずだ。が、大久保ははじめから渋沢栄一に、

「ある種の見方」

を持って大蔵省に乗り込んできた。

その手はじめが栄一が立てた、

「入《い》るをはかって出《い》ずるを制する」

という財政運営の根本原則をぶち壊したことである。着任早々大久保は渋沢を呼んで、こんなことをいい出した。

「渋沢くん、これからは陸軍と海軍の予算については、かれらのいいなりを認めてくれたまえ」

「それはできません」

栄一はうんざりしながら応じた。

(伊藤さんにいわせれば、明治政府の天下人だといわれる大久保さんが、なぜこんなわからないことをいうのだろうか)

と不満を持った。栄一が渋っていると、部屋に安《やす》場《ば》保和《やすかず》と谷《たに》鉄臣《てつおみ》のふたりが入ってきた。安場と谷は大久保が大蔵省にくるときに他から連れてきた腹心だ。おそらく、

「いまの大蔵省は伊達・大隈・渋沢のラインで、思いのままに切りまわしている」

という噂をきいていたのだろう。しかし親王の伊達と大隈は省外へ去った。残るのは大蔵大輔の井上と渋沢だけだ。その渋沢は、

「旧幕臣」

といわれる連中を抱き込み、改正掛と称して勝手な改正案を考えている。気の強い大久保にすれば、

「そんな旧幕派は叩き潰してやる」

と意気込んだ。そのためには渋沢のまわりに自分の腹心をおく必要がある。安場と谷はそういう意味で採用された。

「おう」

渋沢に向けるのとはまったく違った笑顔をふたりに投げた大久保は、

「いま渋沢くんに、陸軍と海軍の予算について話していたところだ」

といった。そして、

「おれは、陸軍に八百万円、海軍に二百五十万円の予算を渡そうと思っているが、どうだ？」

そういった。安場と谷が顔をみあわせた。チラリと渋沢をみた。栄一は渋い顔をしている。ふたりはすぐ、

（渋沢は、すでに反対したな）

と感じ取った。そこで、

「まあ、やむをえないでしょうな」

といういい方をした。これは半分は渋沢にきかせるつもりがあった。

いか）

（われわれもいま財政難であることはよく知っている。しかし、天下人である大久保さんがわざわざ大蔵卿におなりになったのだ。言い分は通してあげるべきではないか）

ということだ。これは薩摩閥ではなくても常識だったろう。

「役所でうまく生きていく」

すなわち出世しようと思ったら、いま大久保のご機嫌を損じたらたいへんだ。安場と谷はさすがに良識人だったから、大久保の髭の塵《ちり》まで払うようなおべっかは使わなかったが、同意したことは間違いない。

渋沢はいった。

「私はつねづね国家の財政は、歳入の見込みが立ってから、歳出を決めるべきだと思っております。いきなり閣下のおっしゃるように、陸軍と海軍の予算を天引きするというのはいかがなものでしょうか」

といった。大久保は険悪な表情になった。

「そんなことはわかっている。しかしきみはわが国の陸軍や海軍がどうなってもかまわないというのかね？」

「いえ、そういう意味ではありません。私は軍事には疎《うと》いほうですが、一国の軍備が大切なことはよく知っています。しかし歳入の見積りがまだ出ないうちから、巨額な軍費を先に決定することは財政上危険至極です。ご質問があったからお答えしたまでで、どうお決めになるかはもちろん大蔵卿である閣下のお考えによることです」

そういうと栄一は一礼して大久保の部屋から出ていってしまった。

その夜、渋沢は井上馨の屋敷を訪ねた。そして、

「大久保さんが大蔵卿になられてから、どうも省内の空気がよくありません。私も気の短いほうで、人間に好き嫌いがあります。悪いクセだと思っております。しかしどう努力しても、私は大久保さんを好きにはなれません。また、これも感じですが、大久保さんも私が嫌いなような気がします。嫌いな者同士同じ省内で顔を突き合わせることはできません。辞職させていただきたいと思います」

そう告げた。井上は一瞬困った表情を浮かべたが、

「まあ、あがれ」

と中へ招き入れた。渋沢はさらに、

「大蔵省に大久保さんは安場や谷をお連れになりましたが、あのふたりもまったく財政のなんたるかをわきまえておりません。そんな財政をなにも理解しない連中があああでもないこうでもないと、わたしたちの案を邪魔するのでは改正掛の仕事の行き先も心配です。どうか辞めさせてください」

と再度辞任を申し出た。

井上の密謀

そのころ、井上馨は世間から、

「カミナリオヤジ」

というあだ名を奉《たてまつ》られていた。気の短いことにかけては政府部内でも三本の指に入った。そのカミナリオヤジがこのときばかりは、

「まあ、そんなふうにすぐカミナリを落とすなよ」

となだめた。井上は渋沢のいうことの理を認めた。が、こういった。

「そういう時期だからこそ、きみに辞められては困るのだ。世の中のことは、単に正義感や短気だけではまわらない。我慢したまえ」

そういった。渋沢はわらい出した。

「なにがおかしい?」

「だってそうじゃありませんか。カミナリオヤジのあなたが私のカミナリを鎮《しず》めるというのはどうにもおかしい」

「そうか、そういわれればそうだな、ハハハ」

井上もわらい出した。やがて真顔になり声をひそめてこういった。

「おれがきみに我慢しろというのは理由があるからだ」

「なんですか？」

「まもなく、大久保さんは、岩倉、木戸、伊藤たちとともに外国へ旅立つ。これからの日本国家はどうあればいいか、政治組織をどうすればいいのかを探《さく》りにアメリカからヨーロッパ諸国を巡るはずだ」

そういった。渋沢は驚いて目を上げた。

「ほんとうですか？」

「こんなことで嘘をついてもしかたがない。しかし、まだ公式発表があるまではきみも胸の中に収めておけ。つまりおれがいいたいのは、大久保さんたちが留守になったあと大蔵省の全責任はおれが持つことになる。そうなったらきみの考える改正案をどんどん実行してしまおう。しかし、それを見破られるといけないから当面きみは大阪の造幣寮へいけ。大久保さんとやりあったのはいい口実になる」

そう告げた。渋沢はつくづくと、

（幕府を倒すために努力してきた人びとは、みんな策士だな）

と思った。しかし井上の政略はおもしろい。大久保・岩倉・木戸・伊藤などの、どちらかといえば〝反渋沢派〟という連中が、そろって外国へいってしまえば新政

府の要人はからっぽになる。井上は、

「その留守を狙って、おれたちの思いどおりに改正案を実行しようではないか」

というのだ。しかしこのまま渋沢の辞意をとどめ、現職においておいたのでは大久保派も、

「井上は渋沢と組んで、なにか企《たくら》みがあるのではないか」

と勘ぐるだろう。それを、

「そうではない」

ということを示すために、とりあえず大阪の造幣寮にいけというのだ。いってみれば、

「緊急避難」

あるいは、

「一時退避」

の人事である。しかもその理由が、

「大蔵卿大久保利通にさからったため」

とあれば、大久保も気をよくするはずだ。

渋沢は承知した。というのは栄一にも、このときやりたかった仕事がいくつかあった。それはかねてからの主張である合本主義（株式）の日本への導入と、銀行の

設立、そして養蚕業の振興などである。改正掛が手掛けている駅逓改正や、度量衡の改正、あるいは通貨の統一なども まだ手をつけたばかりで、実を結んでいない。これらの案を見届けずに自分が辞めてしまえば、今度は〝渋沢派〟といわれる、前島密他、旧幕臣の活躍の場も消滅させられてしまう。つまり、

「自分が呼び出した有能な部下を見捨てて、敵前逃亡する」

ということになる。

井上のいったことは正しかった。この年（明治四年、一八七一）十月八日、岩倉具視を団長とする、じつに総数百名をこえる大使節団の派遣が決定され、十一月十二日に横浜港を出帆した。政府はがらがらになった。

暮になるとすぐ、井上が渋沢を大阪から呼び戻した。

「さあ、思うようにやれ」

といった。

「安場や谷はどうしました？」

大久保派の残存官僚を気にしてきくと、井上はわらった。

「他の役所にまわした。あいつらはもう大蔵省にはいないよ」

「安心しました」

渋沢はニッコリわらった。

残留政府のトップは参議の西郷隆盛だ。西郷隆盛は幕末時には、

「おれは、古い家を叩き壊すのは得意だが、新しい家をつくるのは苦手だ」

といっていた。これは、

「徳川幕府を潰すのは得意だが、明治政府をつくるのは苦手だ」

という意味にも取れるだろう。そして〝新しい家〟のつくり手というのは、盟友の大久保利通のことである。が、西郷はちかごろその大久保とは次第に意見が対立しはじめていた。しかしこの時点で、西郷がまだ政府に身をおいていたというのは、かれにはかれなりの悩みがあったからだ。それは、

「鹿児島藩士のくらしを今後どうするか」

ということだ。廃藩置県が断行され、さらにのちに武士はその身分を失う。西郷はその失業武士たちを案じて、究極的には、

「西南戦争」

に持ち込んでいく。

西郷は若いころ郡奉行所の下役人をしていて、ある農民の家に間借りしていた。年貢が高いために、寄宿先の主人がある夜、牛に涙ながらに話をした。

「おまえにもずいぶん頑張ってもらったが、年貢が高くて納めきれない。あしたおまえを売って年貢を納める。我慢して欲しい。世話になったな」

西郷はこの光景に腹を立てた。そして郡奉行に文句をいったが郡奉行は、

「一奉行の力ではどうにもならない」

とぼやいた。西郷はこういうように、

「民を愛する気持ち」

が全身にみなぎっていた。しかしその西郷も所詮は下級武士という限界があった。かれは同じ仲間の失業状況をそのままみていられなかったのである。

西郷は結果的には、

「愛する民を大切にするか、それとも下級武士の生活を保障するか」

という二者択一の立場に追い込まれた。結局、西郷は下級武士の生活保障をとった。苦渋の選択であった。

以後、西郷の辿《たど》る道は西南戦争へつながっていく。が、このことだけで西郷の偉大さを忘れるわけにはいかない。というのは西郷は大蔵大輔井上馨がいみじくも渋沢栄一に、

「右大臣岩倉具視卿が欧米へ視察に出発される。その期間は相当長引く。その間に、留守政府として思い切った改革をおこなおうではないか」

と、いわば、

「オニのいぬ間の洗濯」

という一種の謀略を告げた、その、

「留守政府」

の統括者としてデンと座った。西郷はかなり改革派の仕事を黙認した。

日本の近代化のお手本はプロイセン

遣欧米使節団は、右大臣岩倉具視を全権大使に、参議木戸孝允、大蔵卿大久保利通、工部大輔伊藤博文、外務少輔山口尚芳《やまぐちなおよし》らを副使に、以下理事官、書記官、随行員などには各省のえりぬきが選ばれた。正副使、随員の合計はじつに四十八名にのぼった。そしてこれに佐々木高行《ささきたかゆき》、東久世通禧《ひがしくぜみちとみ》（有名な〝七卿落ち〟のひとり）、山《やま》田《だ》顕義《あきよし》、田中光顕、田中不二麿《ふじまろ》、田辺太一《たなべたいち》、渡辺洪基《わたなべこうき》、福地源一郎《ふくちげんいちろう》、野村靖《のむらやすし》など、錚々《そうそう》たるメンバーが従った。いってみれば、明治新政府の頭脳官僚ともいうべき連中がごっそり、欧米に出掛けてしまったのである。そしてこの一行は明治四年（一八七一）十一月十二日に横浜を出帆しサンフランシスコに向かった。やがてアメリカからヨーロッパにまわり、

「近代日本はどうあるべきか」

という手本探しに各国を遍歴した。使節団が戻ってきたのは明治六年（一八七

三）九月十三日のことである。ほとんど二年近い歳月と百万円の予算を使ったという。この使節団の目的のひとつは、幕末開国時に列強各国と結ばせられたいわゆる『不平等条約』の改正にあったが、各国は相手にしなかった。けんもほろろで木で鼻をくくったような対応だった。使節団は、

「日本がいかに弱小国であるか」

を、骨身にしみて知らされた。

使節団はロンドンやパリを見学したが、大久保や伊藤たちはロンドンやパリに路上生活者が多いのをみて、

「成熟国家の行き着く先はこうなる」

と感じた。そしていよいよ訪問先が残り少なくなった諸国の中で、

「日本はいったいどの国をお手本にすべきか」

と血眼《ちまなこ》になって探しまわったあげく、遭遇したのがプロイセン（ドイツ）だった。ここで鉄血宰相といわれたビスマルクに会い、いろいろな知恵を授けられた。

・皇帝（天皇）制を重んずること。
・形式的に国会を設けること。
・軍事力を強めること。これによって、各国と対等に話ができるようになること。
・そのためには国力を増進させること。工業化を急ぐこと。

などである。大久保や伊藤は目を輝かせた。

（これこそ、日本の進む道だ）

と確信が持てたからである。日本に戻ってきてからのちの大久保や伊藤は、

「おれは日本のビスマルクだ」

と称し、日本を『富国強兵』路線で突っ走らせる。そして合言葉は、

「ヨーロッパに追いつけ、追い越せ」

となる。このときの路線選択はそれなりに意味がある。当時の日本のおかれていた状況からすれば、大久保・伊藤ラインがこういう考え方をしたのも当然だろう。

後世、

「明治百年の罪」

としてこの路線選択がきびしく批判されるが、当時の国民感情からしても大久保・伊藤の路線選択を、一概に咎《とが》めるわけにはいかない。というのは、列強諸国が日本をばかにしきっていたからである。これはのちに益田《ますだ》孝《たかし》がいみじくもいったように、

「幕末日本の政治家はほとんど世界の貨幣物価について無知だった。列強にこの無知を悪用された。だから不平等条約を結ばされたのである。とくに関税の扱いなどは言語道断だ」

という事実があった。そして益田は、

「日本の政治家、実業家はとくにその日の世界の物価を知らなければいけない」

といって、物価情報を提供した。これがのちの『日本経済新聞』に発展する。

さて、岩倉使節団が海外へ出ていった後、日本の留守政府を守るのは、参議西郷隆盛、板垣退助、江藤新平、後藤象二郎、副島種臣らである。そして、これに大蔵大輔井上馨、大蔵少丞渋沢栄一、租税正陸奥宗光《むつむねみつ》、同権正《ごんのかみ》松方正義《まつかたまさよし》らであった。渋沢が頼みとする改正掛の前島密、赤松則良、杉浦愛蔵、鹽田三郎などは残留組だった。

参議の類別をすれば、西郷は薩摩、板垣・後藤は土佐、江藤・副島は佐賀になる。井上馨は長州、陸奥は土佐、松方は薩摩だ。もうひとり長州系に陸軍大輔山県有朋がいたが、山県は陸軍関係の官有物払い下げ事件で汚職の疑いをもたれ、司法卿を兼ねる江藤新平にきびしく追及されていた。また江藤は大蔵大輔井上馨に対しても容赦しなかった。両者はしばしば財政問題でぶつかった。

江藤の考えの底には、どうも、

「反長州」

の考えが露骨にあったようだ。渋沢栄一は、

（すさまじいものだな）

と注目していた。

留守政府の中で、板垣・江藤・後藤・副島たちは、西郷の主張する、「韓国への出兵（征韓）」に賛成していた。

井上馨は反対だった。渋沢ももちろん反対だ。

佐賀派の長州閥憎悪

渋沢栄一が大蔵省を辞めるのは、明治六年（一八七三）五月のことだ。このころの政府首脳部の構成は次のようなものだった。

太政大臣　三条実美《さんじょうさねとみ》（公家）
右大臣　岩倉具視（公家）
参議　西郷隆盛（薩摩藩）
参議　後藤象二郎（土佐藩）
参議　木戸孝允（長州藩）
参議　板垣退助（土佐藩）
参議　江藤新平（佐賀藩。前司法卿）

参　議　大木喬任（佐賀藩。前文部卿）
参　議　大隈重信（佐賀藩）
ほかに参議ではないが、
大蔵卿　大久保利通（薩摩藩）
外務卿　副島種臣（佐賀藩）
大蔵大輔　井上　馨（長州藩）
同大丞　渋沢栄一（旧幕臣）
工部大輔　伊藤博文（長州藩）
陸軍大輔　山県有朋（長州藩）

などである。大久保利通は本来なら当然参議に位置づけられる人物だったが、このときは西郷にそのポストを譲って大蔵卿を務めていた。

栄一が辞任する一年以上前から、岩倉、木戸、大久保、伊藤などはすべて欧米の視察に旅立っていた。したがって留守政府は圧倒的に佐賀藩出身者の力が強い。

そして、井上・渋沢という大蔵コンビに対し、

「われわれの予算を全面的に認めてもらいたい。歳入が足りないなどというのは大蔵省の怠慢だ。足りない歳入をどう確保するかが、大蔵省の役割ではないのか」

と強硬に迫るグループの先頭に立っているのが、江藤新平と大木喬任だった。か

れらは、

「司法部門と文部部門の予算は、われわれの要求どおり用意してもらいたい」

と主張して譲らない。

井上・渋沢コンビは、

「国家財政の根本は、入るをはかって出ずるを制するにある。あなた方はムチャクチャだ。とうてい要求には応じられない」

と突っぱねた。間に入った太政大臣の三条実美はオロオロして曖昧《あいまい》な妥協策を出したが、そんなことで根本的な解決ができるはずがなかった。

留守政府の実質的な主導者である西郷隆盛は、この件に関しては口をはさまない。西郷自身は、かねて渋沢栄一の自宅を訪ね、

「二宮金次郎の報徳仕法《しほう》を、国家財政の運営に適用したらどうだ」

ともちかけたが、そんなことは百も承知な栄一に、こっぱみじんにその論をくだかれてしまった。西郷は大物だから笑っているが、しかし腹の底はわからない。

（おのれ、猪口才《ちょこざい》な旧幕臣め）

と、しこりを残しているかもしれない。

執拗な江藤・大木コンビ、すなわち佐賀派の予算要求の相手をしているうちに、栄一はひとつ悟ったことがあった。それは、

(江藤・大木の佐賀派は、長州閥を叩き潰そうとしている)

ということである。

江藤新平は当時、陸軍大輔山県有朋が同じ長州藩出身の山城屋和助《やましろやわすけ》という商人に対しての、官有物払い下げに不明瞭ないきさつがあることを探知していた。そしてこれを、

『大疑獄事件』

として司法卿の名において弾劾するつもりでいた。山県は窮地に陥《おちい》っていた。親分の木戸孝允や同僚の伊藤博文もいまはヨーロッパを渡り歩いているから、つかまる大樹がない。

そんなときに、西郷隆盛が突然、

『征韓論』

を唱えはじめた。なぜ西郷がこんなことをいい出したかといえば、山県有朋やその先輩の大村益次郎などの主張によって、

『国民皆兵制度』

が導入されたために、戦争が商売の武士たちは生きる根拠を失ってしまった。藩人口の中で圧倒的に武士の割合が高い薩摩藩の実態をみていて、西郷はとくに、

「国民皆兵によって下級武士は生活に困窮する」

と考えた。そこで西郷は、

「国内戦争はともかく、日本に対し無礼な行為をした外国を討てば、失業下級武士たちの生きる道もあろう」

と考えた。このへんは、西郷の立場に立てばそうかもしれないが、一般市民の立場からすれば、ちょっと妙な理論だ。

それはそれとして、西郷隆盛はなんとかして、

「遣欧米使節団が日本に戻ってくる前に、征韓論を政府の意思として決定したい」

と考えていた。政府意思の決定の最高機関は、いうまでもなく、

『参議の会議』

である。そして何度も書くように、この残留会議の大部分は佐賀派と土佐派が占めている。そうなると西郷にしても、佐賀派や土佐派のいうことに真っ向から反対するわけにはいかない。したがって、江藤新平や大木喬任が、佐賀派の名において、大蔵省にガンガン予算の要求を突きつけるのを、黙認せざるをえなかった。というよりも心の隅では、

「おれをへこませた井上や渋沢がやっつけられている」

と、ほくそ笑んでいたかもしれない。

長州派とみられた栄一

西郷の征韓論は敗れたが、ただ、それにしても江藤新平・後藤象二郎・副島種臣などの参議（副島種臣は明治六年十月十二日に新しく参議に任命された。そしてすぐ辞任する）、いわゆる、

「明治政府内の最高知識人」

と呼んでいいようなインテリたちが、どうして西郷の征韓論に賛成したのだろうか。

このへんの参議たちの立場の分類をある書物が明快に論じている。

わたしがこの渋沢栄一の小説を書くうえで、勉強させていただいている書物は、

『父渋沢栄一（上・下）』　渋沢秀雄　実業之日本社

『渋沢栄一伝』　土屋喬雄　改造社

『渋沢栄一伝』　幸田露伴　岩波書店

などである。幸田露伴さんが、渋沢栄一の伝記を書いているのもおもしろい。そして、幸田さんは記述の中でこれらの参議を明確に分類しておられる。それは、

「明治新政府の首脳部も、幕末時代の尊皇攘夷の思想をふたつに割って、それぞれ

分かれていた。つまり勤皇の実をあげようとする派と、攘夷の実をあげようとする派である。そして、勤皇の実をあげようとする派は、岩倉具視、木戸孝允、大久保利通、大隈重信、井上馨、伊藤博文などであり、攘夷の実をあげようとする派が西郷隆盛、後藤象二郎、江藤新平、板垣退助、副島種臣などである」

としている。勤皇派といっても別に、

「天皇を徹底的に崇《あが》めよう」

ということではなく、

「まず国内に目を向けて内治を先にすべきだ」

と主張する政治家たちである。攘夷派というのは、

「内治を固めるためにも、まず外征によって日本の国威を大いに発揚すべきである」

と主張する。国内に目を向けるか、国外に目を向けるかの差があった。しかし一般にどこでも国内事情がいき詰まると、必ず国民の目を外に向けさせようとする。このときの西郷一派に、そういう考えがなかったとはいえない。

佐賀藩出身の江藤新平や大隈重信、副島種臣たちは佐賀藩内における、『義祭同盟《ぎさいどうめい》』の一員だった。義祭同盟というのは副島種臣の実兄枝吉神陽の唱えた一種の思想

グループだ。楠木正成を讃え正成をまつることを、

『義祭』

と呼んだ。思想活動として佐賀藩に伝統的な例の、

『葉隠《はがくれ》精神』

に反発したものだ。大隈重信などはその先頭に立っていた。

「いつまでも、武士道とは死ぬことゝみつけたりとか、主人に対する忠は男女の忍ぶ恋のようなものだなどといっていて新しい時代が開けるものか。古くさくてどうにもならない」

と罵倒した。そのため大隈は藩校から追放されてしまうということがあった。

さてこうなってくると、俗に、

「藩閥の争い」

といっても、単に出身がナニナニ藩であったからこうなったということだけではない。もっとややこしい問題を含んでいる。それぞれの立場が一貫していない。

「自分にとって、あっちの都合のいいところはこっちのものとし、こっちの都合の悪いところは捨てる」

というような紆余《うよ》曲折《きよくせつ》した回路をそれぞれが歩いていた。

はじめのうちは江藤新平も渋沢栄一に目をつけていた。かなり好意的だったとい

う。だから渋沢の栄進についてはよく井上が、

「江藤参議が、きみのことをこういうポストに推薦していたよ」

などとからかうようにいったものだ。そして、

「きみはいつから佐賀派になったのだ?」

とからかった。渋沢は黙っていたが、

(へえ、江藤さんが?)

と疑問に思ったことがある。が、考えてみれば江藤が陰で渋沢を推薦してくれているというのも、

「有能な渋沢をなんとかわが派に抱き込みたい」

と考えていたからなのだろう。

その証拠に、渋沢栄一が完全に井上馨の腰巾着《こしぎんちゃく》のような立場になってしまうと、江藤は露骨に敵意を示しはじめた。井上をみる目も渋沢をみる目も同じになってきた。そして井上は、憎むべき長州藩閥の一員だ。そうなると栄一も、

「長州藩閥の腰巾着だ」

ということになってくる。渋沢にすれば、

「藩閥など自分に関係ない。自分はただ井上さんの財政に対する考え方が正しいから、それに共鳴しているだけだ」

と思うが、そんな理屈は政治力学のうえでは通用しない。みんな、その力学の実行に血眼《ちまなこ》になっているから、渋沢のようにクールな立場でものを考える人物はどうしても疎外されてしまう。

栄一の頭の中には、

「いったいこの連中は国民の存在をどう考えているのだろうか」

という疑問が湧いた。同時に、藩閥の首領たちのすさまじい争いをみていると、そのエネルギーの猛烈さには圧倒された。そして、

(この勢いで各藩閥が後継者を育てたら恐ろしい力になる)

と感じた。それも、

(政治の分野に優秀な若者がみんな吸収されてしまう。民間には有能な者が残りにくい)

と思った。

新しい士農工商

栄一は、大久保系の大蔵官僚と衝突して、一時期大坂の造幣寮に出向したことがある。緊急避難的な異動であった。このときかれは、大坂の商工業者と積極的に接

触しいろいろ話をきいた。ところが、かつては、

「大坂の商人がひとたび怒れば日本の大名がすべて震《ふる》え上がる」

といわれたような、江戸時代の大坂商人の気概がほとんど消え失せていた。官僚のことを商工業者たちは、

「お上《かみ》」

と呼んだ。そして、

「お上のおっしゃることにはどんな無理でも逆《さか》らえません」

という。しかも目の底に卑屈な笑いを浮かべる。その屈折した心理が渋沢栄一にはたまらなく不快に思えた。そして、

(これでは、また士農工商が復活したのと同じではないか)

と思った。

(いや、復活したのではない。士農工商制がまだ生きているのだ)

と感じた。むかしの士は官僚がとって代わった。商工業者は工商だ。依然として、身分制が存在しているということになる。

(これではだめだ)

栄一はつくづくそう感じた。

(商工業者に卑屈な精神を捨てさせて、われわれこそ日本が富むための重要な役割

を果たしている存在なのだ、という誇りと自覚を持たせなくてはならない)

と思った。ではどうするか。

栄一の胸の中に、

「一日も早く野《や》に下って民間の商工業者のために尽くしたい。かれらに誇りと自信を与え、産業・経済の重要さを、政治家たちにも知らしめる必要がある」

という考えがわいてきた。

そうなってくると、やはりパリでまなんだ、

『合本主義(株式)』

と、

『バンク』

の存在が頭の中に浮かぶ。バンクは金融機関だ。日本の両替店《だな》のようなものだ。しかし、日本の両替店と違って、欧米のバンクが誇りを持っているのは、

「多くの人びとから集めた財によって、公共事業をおこなう」

という目的があるからである。それは、パリでつぶさにみた。パリの社会事業はかなり発達している。しかしそういう事業の資金は、多くの人びとがわずかな金を出し合ってまとめたものである。渋沢栄一には前々から社会事業に対する関心があった。かれは生まれつきやさしい性格なので、この世の弱い人間や苦しめられてい

る人間に対する同情心が深い。いつもそういう人間をみると、

「なんとかしてあげたい」

という気持ちが湧く。

政府部内における藩閥のすさまじい争いをみていて、栄一はほとほと官界がいやになった。

（おれの生きる場は、やはり民間だ。とくに実業界だ）

という思いが募った。そう思いだすと、

「一日も早くそうしたい」

という願望が頭をもたげ、これがどんどんふくれあがっていく。そして、

「嫌気のさした気分」

で改めて大蔵省内をみわたすと、いよいよその嫌気が募る。しかしかれは、ただ、

「大蔵省から逃げ出したい」

などという負け犬ではなかった。そうではなく、

「民間の実業界へ向かって逃げていきたい」

ということだ。何かから逃げ出すのではなく、何かへ向かって逃げていくという積極的な逃亡だ。

しかし、栄一に予算の増額を迫る江藤新平たちもすぐれた政治家だった。かれは司法卿として、『民法』の制定に着手した。この民法はかなり民主的で、噂だが戦後日本に進駐したアメリカ軍の法律関係の連中も、

「この民法は、ずいぶん民主的ではないか」

と語り合ったという。江藤新平は、すでにナポレオン法典をまなび、

「これを日本に導入しよう」

と考えていたから、

「日本人の人権問題」

については、かなり積極的な考えを持っていた。大木喬任も同じだった。

したがって江藤や大木が、

「司法省と文部省の予算を全額要求額どおり認めろ」

という背景には、こういう政治的理念があった。江藤や大木からみれば、

「入るをはかって出ずるを制するなどとばかりいっているが、財政の原則を振りかざすだけで、井上やその腰巾着である渋沢には、いったいどれだけの政治理念があるのか」

ということになる。

井上や渋沢の知らないところで、江藤たち佐賀派は、

「日本国家の根本的な改革案」

として、いろいろな策を立て、これらを西郷にはかって実行に移していった。どんなことをやったかは後に書くが、西郷は留守政府の統括者として、これらの改革を黙認した。かれにすれば盟友の大久保たちから、かれらがアメリカやヨーロッパへ出かける前に、

「絶対に新しい仕事をはじめるな。また、組織や人事にも手をつけるな」

と、手足を縛られた状況にされたことに憤懣《ふんまん》を持っていた。

（おいどんは、操《あやつ》り人形ではない）

と感じていた。そんなところへ、やる気満々の佐賀派が次々と、

「西郷さん、こういうことをやりましょう」

と目からウロコが落ちるような案を持ち込んでくるから、西郷は大目玉をギョロリとむいて、

「よか、やりもそう」

と大きくうなずく。こうして、西郷のうなずきによって留守政府は思い切った改革を展開しはじめた。西郷にすれば、

（この連中のいうことを黙認すれば、おいどんの主張する征韓論を、この連中も支持してくれるにちがいない）

と思っていたからである。事実そのとおりになる。

だから渋沢栄一にしても、こういう江藤新平の、

「正義を愛し、悪を憎む心」

の迫力の前には頭を下げざるをえなかった。面と向かって長州閥を敵とし、その非を暴く勇気には、栄一は感動する。かれの親分の井上馨もだらしのない面がある。西郷隆盛などは井上馨のことを、

「おはんは三井《みつい》の番頭さんか」

と笑いながらからかう。それほど井上馨は三井との結びつきが濃かった。

渋沢のナショナル・バンク構想

しかし渋沢栄一にしても、

「日本で最初のバンクをつくるには、やはり三井や小野《おの》組などの資金提供を受けざるをえない」

と考えている。栄一はすでにこのバンクということばを日本語に訳した場合、金行、銀舗、銀行などいくつかの訳語を頭の中に思いめぐらせていた。結果的には、

「銀行が一番よかろう」

と思っている。かれがパリでまなんだことのもうひとつに、

『ナショナル』

ということばがあった。ナショナルというのは国のことだ。だからかれが構想している、

「バンクの日本版」

は、

『日本ナショナル・バンク』

である。ナショナルを国と訳して、

『日本国銀行』

とする。しかしこれでは語呂が悪いので、栄一は、

『日本国立銀行』

と名づけようと思っていた。しかも、

「国立銀行はひとつではなく、一から順にどんどん増やしていきたい」

と夢を描いていた。極端にいえば、

「第一国立銀行から、第百国立銀行、第二百国立銀行までつくりたい」

ということだ。このことは、

「日本の各地に、銀行を設立したい」

ということである。なぜ日本の各地に銀行を設立したいかといえば、かれにすれば、銀行というのは単に金貸しやソロバン勘定だけをおこなうところではない。むしろ、

「地域のコア（芯）として、情報の収集やその公開、そして地域の商工業者の経営に対しても関与できるような見識をもたなければだめだ」

と思っていたからである。

現在、

『地方分権の時代』

といわれる。行政における地方分権がどんどんすすめば、地方が活性化されて情報の発信地になる。しかし、その活動のコアになるのはなんといっても情報の集積地だ。今後情報が集まるのは、行政はもちろんのことだが、マスコミ機関、商工会議所、農業協同組合などのほかに、金融機関を忘れることはできない。金融機関も近ごろは、

『総合研究所（いわゆる総研）』

というものをつくって、いままでの銀行業務のほかに、

・情報の収集とその分析、提供

・経済動向の予測

・その地域のおかれた条件や、それにみあった経営方法の開発などと活動範囲が広まっている。
渋沢栄一が考えていたのは、すでにそういうことであった。これによって、中央に集中しがちな諸機能が、地方でも立派に自立でき、地方の独立が可能になると考えていた。それもこれも、

「藩閥政治家によって中央に人的パワーが集まりすぎる」

ということがきっかけであった。

渋沢栄一が大蔵省に入ってからの役職をもう一度整理してみると、次のようになる。

明治二年（一八六九）十一月　民部省租税正
　　　　　　　　　　十二月　改正掛の事務総理
明治三年（一八七〇）五月　富岡製糸場設置主任を兼ねる
　　　　　　　　　　八月　制度取調御用掛兼大蔵少丞
明治四年（一八七一）五月　大蔵権大丞
　　　　　　　　　　八月　大蔵大丞
　　　　　　　　　　十二月　紙幣頭兼任
明治五年（一八七二）二月　大蔵省三等出仕。大蔵少輔事務取扱

明治六年（一八七三）　五月　退官
　となる。
　そこで、渋沢がこういうように大蔵省でとんとん拍子に出世していった中で、欧米使節団が海外へ出掛けた留守中、すなわち明治四年十一月十二日から、帰国した明治六年九月十三日（大久保利通だけは、それより三カ月も前の五月二十六日に単独帰国している）までの間に、留守政府はいったいどんなことをやったのかを列記してみる。
　使節団首脳部は、留守政府に、
・新しい政策を絶対におこなわないこと
・政府の組織・人事には絶対に手をつけないこと
の二条件を、約束させた。西郷は、

「よか」

とうなずいたが、大久保たちは疑わしそうに残留首脳部を凝視した。信じきったわけではない。とくに大久保は佐賀グループを警戒していた。

　直属の部下である大蔵大輔の井上馨は長州人だ。伊藤博文と仲がいい。が、大久保や西郷が要求する予算については部下の渋沢の反対に井上も同調している。だから、完全に木戸孝允の子分とはいいきれないものがある。木戸は木戸で、長年の子分だった伊藤博文が、近ごろはきわだって大久保に接近しているのが気に食わない（この懸念は、海外視察中に事実となる。伊藤は木戸から離れて、大久保の子分になる。いってみれば、薩摩閥にとりこまれてしまう）。

留守政府の凄まじい改革

新政府は、次のような改革を実行した。年表風にかけあしで整理してみる。

明治四年（一八七一）七月十四日　廃藩置県の詔書出る
同年七月十八日　文部省をおく
同年七月二十七日　民部省廃止
同年七月二十八日　陸軍条例制定
同年七月二十九日　太政官制を改め、正院・左院・右院をおく
同年八月七日　樺太《からふと》開拓使を北海道開拓使に合併
同年八月八日　神祇《じんぎ》省をもうける
同年八月二十日　東京・大阪・鎮西・東北の四鎮台をおき、東山・西海の二鎮台を廃止する
同年九月七日　田畑勝手作を許可

同年九月八日　海軍条例を制定
同年十月八日　岩倉具視らを欧米へ派遣、実際には十一月十二日に横浜港を出帆
同年十月十二日　大蔵省兌換証券の発行を布告
同年十月二十三日　東京府に邏卒《らそつ》三千人をおく
同年十一月二日　県知事を県令と改め、参事を府県におく
同年十一月二十二日　府県の統廃合がすすんで、全国で三府七十二県となる
同年十一月二十七日　県治条例を定め、府県奉職規則を廃止する。琉球人五十四名、台湾に漂着し、現地で殺害される（これが台湾征討の原因になる）
同年十二月十八日　在官者以外華士族卒の職業の自由を許可する
同年十二月二十七日　新紙幣を発行し、旧紙幣の兌換を布告。東京府下に地券発行。地租課税を布告する
明治五年（一八七二）一月二十九日　卒の身分を廃止し、皇族・華族・士族・平民の四身分を設ける
同年二月十五日　土地売買の禁を解く
同年二月十八日　陸海軍刑律（軍法）を定める
同年二月二十八日　兵部省を廃止し、陸軍省と海軍省の二省を設ける

同年三月九日　天皇の親兵を廃止し、近衛兵をおく。総督は陸軍大将西郷隆盛（このころは、大将は西郷ひとりだった）
同年五月二十三日　天皇、中国以西地域視察のため、東京を出発。七月十二日に帰京した
同年五月三十日　大蔵大輔井上馨、琉球の併合を建議
同年五月某日　陸奥宗光《むつむねみつ》『田租改正建議』を提出
同年七月一日　副島外務卿、清国人苦力《クーリー》に関し、ペルー国船マリア・ルース号の取り調べを命ずる（この件は、九月十三日、日本政府は苦力二百二十九人を清《しん》国に引き渡した。ペルーはこれに対し抗議をおこなった）
同年七月四日　大蔵省の通達で、全国一般に地券を交付する
同年七月二十五日　集議院建白規則を制定、租税寮内に地租改正局をおく
同年八月三日　学制を制定し、学区制、就学奨励をおこなう
同年九月十四日　琉球正使尚健《しょうけん》参朝、国王尚泰《しょうたい》を琉球藩王とし、華族に列する。これは、琉球王国の国制を否定し、日本の一地方自治体に組み込んだことを意味する
同年十月二十五日　教部省を文部省に合併する
同年十一月九日　太陽暦採用を布告する

同年十一月十五日　国立銀行条例を定める。神武天皇即位の年を紀元とし、即位日を祝日（最初一月二十九日、のちに二月十一日に改める）とすることを決定
同年十一月二十八日　全国徴兵の詔勅出る
同年十二月三日　この日を明治六年一月一日とする（すなわち太陽暦採用の実施）
明治六年（一八七三）一月四日　神武天皇即位日・天長節《てんちょう》を国民の祝日とする。五節句を廃止する
同年一月九日　鎮台を名古屋と広島に増設
同年一月十日　徴兵令を布告する
同年二月二十四日　全国キリスト教禁制の高札を撤廃する（信教の自由）
同年三月七日　神武天皇即位日を紀元節と改称する
同年三月二十五日　藩債処分のため新旧公債証書発行条例を定める
同年三月三十日　官省札回収のため、金札引換公債証書発行条例を定める
同年五月二日　太政官制改定
同年五月二十六日　全権大使大久保利通、欧州より単独帰国
同年七月二十三日　副使木戸孝允も単独帰国
同年九月十三日　大使岩倉具視ら一行帰国する

これらの政治的事件と同時に、社会的、文化的事件としては、次のようなことが起こった。

明治四年（一八七一）一月二十四日　郵便開始を定める

同年六月二十六日　長崎と上海の間に海底電信が開通した

同年七月四日　氏子取調規則を制定

同年七月十三日　北海道開拓使顧問として招いた米人技師ケプロンたちが東京にくる（ケプロンは、北海道開拓にいろいろと意見を出すが、開拓使長官黒田清隆《くろだきよたか》や、その配下の榎本武揚たちが、自分に予算の相談をまったくしないので、しばしば論争する）

同年八月九日　散髪廃刀を許可する

同年八月二十三日　華族・士族・平民間の結婚を許可する

同年八月二十八日　「穢多《えた》非人の称」を廃止する

同年十二月五日　東京と長崎間に郵便が設置される

維新事業のほとんどが留守政府の手で

明治五年（一八七二）一月二十一日　東京の町火消しのいろは四十八組が廃止さ

れる。このころ、福沢諭吉《ふくざわゆきち》の『学問のすゝめ』が出る

同年二月二十一日　東京日日《にちにち》新聞発行される

同年四月五日　東京府、女子の断髪禁止令出る

同年四月二十二日　京都・大阪間の電信が開通する

同年四月二十四日　日曜は休日とすることになる。ただし官公庁は明治九年（一八七六）から実施

同年五月二十九日　師範学校を東京に設置する

同年七月一日　全国に郵便網がほぼ完成する

同年九月十二日　新橋・横浜間に鉄道が開業する

同年十月二日　僕婢娼妓《ぼくひしょうぎ》の年季奉公を禁止する

同年十月四日　富岡製糸場開業する

明治六年（一八七三）一月五日　東京府、上野に養育院を設置する

同年二月七日　仇討《あだうち》禁止令が出る

同年六月一日　横浜に生糸改《きいとあらため》会社が開業する

同年六月十一日　第一国立銀行が開業する

同年六月四日　奈良県令四条隆平《しじょうたかひら》が、天皇の写真の下付《かふ》を願い、許可される。

これがきっかけになって、各府県から次々と同種の願いがあり、
許可される

同年七月三十日　工学寮に工学校を開設する

同年十月九日　開成《かいせい》学校で天皇体操を天覧

ざっとならべてみたが、一目瞭然《いちもくりようぜん》といっていいように、いわゆる明治維新といわれる事業の整備はこの二年間にほとんどおこなわれている。留守政府が遣外使節団と約束した、

「新しい政策はおこなわない。組織と人事には手をつけない」

ということはすべて破られた。新しい政策が次々と実施され、同時に組織や人事の異動も活発におこなわれた。そういいきるのは極端かもしれないが、しかし、

「明治維新の名に値《あたい》する諸改革事業はこの二年間にかなり網羅されている」

といってもいいのではなかろうか。この中には渋沢栄一が関与した事業もたくさんある。とくに改正掛にいた前島密による郵便事業の実施はめざましい。また、渋沢に直接からむことでいえば、第一国立銀行を設けたり、あるいは金融制度を改革し、貨幣の流通の整備をおこなったことは画期的だ。

幕末までは徳川幕府も各藩（大名家）も、それぞれ『藩札』を発行していた。現在でいえば、ともに赤字公債である。中央政府である徳川幕府は幕府なりに赤字公債

を発行し、同時に地方自治体である藩のほうも、それぞれ赤字公債を発行していた。

しかし、現在のように地方自治体が起債をする際に総務省の許可を必要としたり、あるいは藩札と正貨との交換がきちんとおこなわれているわけではなかった。この、

「藩札の発行額は正貨と交換できる範囲内に限る」

という定めがあれば、混乱は起こらなかった。しかし徳川幕府の財政は、

「幕府単独の財政制度」

であって、地方自治体である藩（大名家）の財政までその体系に組み入れてはいない。本来なら全大名家が発行した藩札の総額を抑えて、それに見合う正貨を発行するのが幕府の役割だろうが、日本銀行のようなものはないし幕府にもそんな考えはない。

「徳川家は徳川家の収入によって歳出を賄《まかな》うのだから、各大名家もそれぞれの藩の収入によって財政を運営すればよい」

という考え方である。そのために幕府が倒壊し、また藩が廃止されることになっても、それぞれの藩には発行した藩札が不良債務として残存していた。この支払いがあいまいになっていた。藩札を持っているほうは、

「早く正貨にして返して欲しい」

と要求する。そこで政府はこの返済を肩代わりし、同時に、

「全国に統一通貨を通用させる」

ということになった。この整備には渋沢栄一の努力が大きかった。

栄一の社会事業への関心

もうひとつ渋沢栄一が経済問題とは別にいわゆる社会問題として関与したのが、明治六年二月五日に東京府が設けた養育院の問題である。

このときは、ロシアの皇太子が日本にやってくるので、東京の町にいる放浪者(いまのホームレス)たちを、その目に触れさせないために一カ所に集めようというのが動機だったらしい。あまりいい動機ではない。

渋沢栄一は、この養育院をやがて身寄りのない老人の収容施設と身寄りのない子供の収容施設(孤児院)などを兼ねた複合施設に整備する。そして渋沢は自ら、

『東京府立養育院長』

をかって出る。彼は九十二歳で死ぬが、その日まで、

「この肩書きだけは絶対に他人に渡したくない」

といって、最後まで大事にしたのが養育院長の職であった。養育院は現在東京都板橋区《いたばし》で東京都立養育院と名を変え、さらに発展拡充されている。

そもそもこの養育院のはじまりは、第八代将軍徳川吉宗《よしむね》が享保《きょうほう》の改革をおこなうときに、

「広く民から意見を求めよう」

ということで、江戸城大手の評定所前に『目安箱《めやすばこ》』を設けたことによる。町医者の小川笙船《おがわしょうせん》が、

「江戸の町には身寄りのない年寄りが多い。放置しておくと病気にかかって死んでしまう。お上の手で収容施設を設けて欲しい。そうしてくれれば、われわれ町医者が交替で看病にあたりましょう」

と投書した。吉宗は感心して江戸町奉行の大岡越前守《おおおかえちぜんのかみ》にさっそく収容所をつくらせた。これが現在の東京大学付属植物園の構内に史標を残している『小石川養生所』である。吉宗は小川笙船を初代の養生所長に任命した。同時に、

「養生所で用いる漢方薬を国産化できるように努力しろ」

と大岡に命じた。大岡は自分の家に寄宿していた青木昆陽《あおきこんよう》という儒学者兼蘭学者にこのことを命じ、昆陽は災害時の代替食である甘藷《かんしょ》（サツマイモ）のほかに漢方薬用の薬草の栽培にも努力した。

この小石川養生所が明治維新とともに江戸町奉行所改め東京会議所に引き継がれた。その福祉機能と放浪者対策機能を合致させて、渋沢栄一は、

『東京府立養育院』

を新しくつくらせたのである。そして自らが初代の院長になった。

栄一は大蔵省退官直後の六月に第一国立銀行総監（頭取）に就任している。このときかれが頭取の弁としていったのが、有名な、

「ソロバンと論語《ろんご》の一致」だ。

「銀行業務はたしかにソロバンによって成り立つ。しかし、銀行は人の道に反するようなことをしてはならない。人の道を説いたのは二千数百年前の孔子《こうし》と弟子たちで、問答集によってこと細かく示されている。銀行員も論語を読め。そしてソロバンと論語の一致を心掛けよ」

という訓示である。

辞任退職

江藤新平たち佐賀閥は、心の中で、

「長州閥を徹底的に叩きのめしてやる」

と考えていたから、大蔵省への予算要求の矛先は絶対にゆるめない。以前、渋沢栄一を訪ねてきた留守政府のまとめ役西郷隆盛は薩摩閥の頭目《とうもく》だ。だから、佐賀閥のやることを黙ってみている。政治的思惑は互いに共通しているから、井上馨と渋沢栄一に対する佐賀閥の攻撃も黙認した。いうまでもなく井上馨も長州閥のひとりだ。財政を預かる関係から、

「入るをはかって出ずるを制する」

という予算の根本原則を唱えてはいるが、根は長州人だ。とくに井上馨は三井組との接触交流が深く、西郷にいわせれば、

「井上は三井の番頭さんだ」

ということになる。したがって潔癖な江藤新平たちが、井上を攻め立てる攻撃の裏には、

「汚れた精神を叩き直してやろう」

という精神主義的なものもあった。

こういう泥仕合に井上大蔵大輔はついにツムジを曲げた。

「病気のため」

といって役所に出なくなった。原因はもちろん、佐賀閥の拠点である司法省と文部省のむりやりな増額要求にあったので、事情は大蔵少輔事務取扱の栄一もよく知

っている。井上さんが引きこもって役所に出ないのなら自分も辞めてしまおうということで辞職願を出した。驚いた太政大臣三条実美が栄一の家にやってきた。そして、

「きみから井上くんを説いてぜひ役所に出るようにいってくれたまえ。きみの辞表も撤回してもらいたい」

といった。そして、

「司法省と文部省の増額要求についてはわたしが手を打つから」

と告げた。お手並拝見と栄一が待っていると、一時期、司法省と文部省からの増額要求がピタリと止まった。

「なるほど三条さんが何か手を打ったのだな」

そう考えた栄一は、井上のところにいってこれこれだと理由を話し、

「いまのまま役所を辞めたのでは、何か子供がいじめられてすねたような印象を与えます。いったん出て、いうことははっきりいいましょう」

といった。井上もうなずき再び役所に出てきた。しかし翌六年、各省がいっせいに増額要求をはじめた。怒った井上は渋沢と相談して、

『増額拒絶具申書』

を提出した。しかし政府はこれを却下した。井上は、

「なぜ大蔵省が増額を拒絶するのか」

というこことを各参議に説明して歩いた。が、参議たちはうわのそらで耳を傾けない。知らん顔をしている者もいた。

「このうえは大隈さんだけが頼りだ」

井上はそう思って大隈重信のところにいった。が、大隈は曖昧な態度で明確な対応の仕方を示さなかった。大隈もまた佐賀閥のひとりだから、江藤新平たちの動きに対し正面からブレーキをかけることはできなかった。

同年五月上旬のある日、井上大蔵大輔は自分の部屋に幹部職員を集めた。そして、

「いままでわたしは大蔵省の代表として各省の増額要求に対し反対してきた。しかし一向に政府はきき入れてくれない。わたしは非力だ。辞任する」

といきなりいった。みんなびっくりした。井上は栄一をみて、

「後はきみに一任する」

といった。栄一は怒った。

「冗談ではありません」

と食ってかかった。

「わたしは、二年前にあなたの手元に辞表を提出しているはずです。しかし、あな

たの慰留もあり、同時にわたしはあなたの財政上の達見《たつけん》に共鳴しておりましたから、今日まで助力してきたしだいです。そのあなたの意見が用いられない政府にわたしが残っていったい何になりましょうか。辞意の表明はわたしのほうが先です。わたしも辞めます」

強い栄一の口調に、井上は苦笑した。

「わかった。ふたりとも辞めよう」

と大きくうなずいた。辞めたふたりはすぐ政府に対し報復をした。それは自分たちが書いた政府宛の建白書を新聞にリークしたことである。新聞はこれを掲載した。その趣旨は、

「国家の財政は入るをはかって出ずるを制すべきである」

というものである。この原則を裏づけるために、政府予算の数字を歳入歳出各面にわたって、詳しくあげた。そして、

「いまの政府は、入るをはからず、出ずるも制さない。国家財政はまもなく破綻する」

と書いた。

政府はふたりの行動に怒った。現在でいえば、国家公務員の幹部が退職後国家機密を漏洩《ろうえい》したということになる。現在の国家公務員法では、

「在職中に知り得た秘密は退職後も洩《も》らしてはならない」

と定めている。そのころ国家公務員法などないが、井上と渋沢の行動はまさしくこの禁止条項に当てはまった。そのため、七月二十日に臨時裁判所は井上馨に対し次のような判決を下した。

「其方儀《そのほうぎ》、大蔵大輔在職中、兼《かね》テ御布告ノ旨ニ悖《もと》リ、其方及渋沢栄一両名ノ奏議書、各新聞エ（ヘ）掲載致ス段、右科雑犯律違令ノ重キニ擬《ぎ》シ、懲役四十日ノ閏刑《じゅんけい》禁錮四十日ノ処《ところ》、特命ヲ以《もっ》テ贖罪金《しょくざいきん》三円申付《もうしつく》」

つまり、

「国家秘密の漏洩はけしからん。ほんとうなら、懲役四十日か禁固四十日の刑に処すべきだが、特別なはからいをもって罰金三円を納めろ」

ということである。ふたりの処分は軽いもので終わった。政府はやがて、

「井上・渋沢の論はまったく間違っている」

という反論を公表した。しかし説得力がなかったことはいうまでもない。

有能人こそ実業界へ

渋沢栄一が、自分が生きるうえで座右の書としていたのが孔子の『論語』であ

る。論語はいうまでもなく儒教の「聖典」だ。栄一はこの論語をほとんど暗記するまでに読み尽くしていた。

ところが儒教の教えには栄一にとって困ったことがひとつあった。それは、

『士農工商』

という身分制の淵源《えんげん》が儒教にあることである。儒教では、

「士は、政治行政をおこなう。農は、民の食料を生産する。工は、農民の農耕具や民の生活工具を生産する。ところが商は、自らは何も生産せずに、他人の生産物を動かすだけで利益を得ている」

という身分区分をおこなっていた。一言でいえば、

「生産者でない商はいやしい。したがって、社会の最劣位におくべきである」

と規定してしまった。これが江戸時代を支配した徳川体制の根本原理だ。

この身分観は明治になってからも払拭《ふっしょく》できなかった。いや、明治になってから余計この考え方が強まったといっていい。

突然大蔵省を辞任した渋沢栄一に対し、多くの知人や友人が意見した。

「大蔵少輔といえばすぐ目の前に大臣のポストがぶら下がっていたはずだ。それを棒に振って、なぜいやしい商業界に身を投ずるのだ?」

といった。栄一はカッときた。かれは武蔵国の農家の出身だから、士農工商の身

分制でいえば二位にランクされている。しかしかれの家では商業も重んじていた。とくに栄一は、子供のときから藍《あい》の買い付けにあちこち歩きまわっている。ずいぶん苦労もした。つまり、

「ものを売ってもらったり買ってもらったりするためには、下げたくもない頭を下げたり、いいたくもないお世辞をいわなければいけないのだ」

ということを身にしみて悟った。こういう経験は屈辱感を生む。そうなると、その屈辱感を払拭するためにどうすればいいかということが次の課題になる。江戸時代の商人は、

「金を儲ける以外ない」

と考えた。財力で武士の権力に対抗しようとしたのである。そのために一時期は、

「ひとたび大坂の商人が怒れば、全国の大名が震えあがる」

とまでいわれた。つまり大名貸しと呼ばれる金融業によって、商人は武士より優位に立ったのである。

「しかし、それはほんとうの商人のあり方ではない」

栄一はそう考える。つまり、

「金のために手段を選ばないとなれば、それはあきらかに人の道に反するからだ。

論語に反する」

と思った。つまり論語でいう、

「不義《ふぎ》にして富み、かつ貴《とうと》きはわれにおいて浮雲《ふうん》のごとし」

ということだ。ただ金儲けのために手段を選ばないとすれば、それは孔子のいう浮雲になってしまう。しかし、利益を得てその利益を公共事業に使えばけっして浮雲ではない。しかも、その利益によって国家が富み国民生活が向上するとすれば、こんないいことはない。そうなれば、

「利益を得ることは社会に貢献することだ」

ということになり、それはそのまま孔子のいう、

「人間の道、すなわち論語」

に適合する。栄一はパリにいたときに合本主義とバンクの存在に注目していた。合本主義というのは、種々雑多《しゅじゅざった》な人びとが金を出し合って公共事業に投資するということだ。もし利益が得られれば投資額によって利益を配分する。いまの株式だ。バンクというのは、そういう経済活動を扱う金融機関のことである。栄一はすでに自分の構想をまとめ、

「日本に合本主義とバンクを導入しよう」

と心に決めていた。大蔵省を辞めるときはすでにその構想の現実化がはかられて

いた。第一国立銀行の設立である。心ある友人たちは、

「きみのような有能な人物が国家から去るのはじつに残念だ。まして私利私欲に走りがちな民業に携《たずさ》わるのは無謀である」

といった。このいい方も栄一にはカチンとくる。

「ご忠告はありがたいが、わたしにはいささか信じるところがあるので、思ったとおりにします。わたしが有能であるとみてくださることは感謝にたえない。しかしあなた方がいうように、わたしが有能であればあるほど、わたしは官界を去らなければいけないと思っております。というのは、有能な人材が官界に集まって、能力のない者ばかりが民業に携わるとしたら一国の健全な発達は望めません。

はっきりいいます。官吏は凡庸《ぼんよう》の者でも勤まります。しかし商工業者は相当才腕がなくては勤まりません。が、見渡したところ、今日の日本の商工業者には実力のある者が少ない。これは士農工商という階級思想の名残りです。政府の役人たることはみんな誰でも光栄に感ずるが、商工業者であることははずかしく思う。この誤った考えを一掃することが日本のために急務です。それには何よりも商工業者の実力を養い、その地位と品位を向上させなければなりません。つまり商工業界を社会の上層に位《くらい》させて、徳義を具現するのは商工業者であるということを示す必要があります。

この大目的のために精進するのがわたしの志《こころざし》であり、男子の本懐です。わたしは商工業に関する経験はありません。しかし『論語』一巻を処世の指針として、これによって商工業の発達をはかっていこうと思います。民間に品位ある知行合一《ちこうごういつ》の商工業者が輩出して経営の任に当たるようにならなければ、日本は発展しません。こういう事情で官を辞したのですから、どうか諸君もわたしの志を貫徹させていただきたい」

かれの考えがはっきり出ている。つまり、

「士農工商の考え方は誤りだ」

ということと、

「その誤った考え方が明治の現在にも引き継がれ、役人になることは名誉であり、商工業者になることは不名誉であるというような考え方がまかりとおっている。そのために若者がみんな役人をめざす。商工業者を望む者はいない。そうなると、質的に役人ばかり能力があることになり、商工業者は無能な者の集団になってしまう。これでは日本の国力は増進できないし、国威を発揚することもできない。いま急ぐべきは商工業者の質的向上だ。その商工業者の向上のために、自分は努力したい」ということだ。

したがって栄一が民業に身を投じたといっても、そのまま江戸時代の商工業者の

やり方に従うということではない。栄一のみたところ江戸時代の商工業者の中には、

「利益追求を急ぐあまり、人の道からはずれるようなことも多々おこなった」

とみられるような輩《やから》がたくさんいる。そういうことをすれば、いま友人たちが忠告してくれるように、

「大臣のポストが目の前にぶら下がっているのに、何をすき好んでいやしい民業に身を投ずるのだ」

といわれることになってしまう。栄一がここで払拭したいのは民業をいやしいとみるその考え方だ。

「民業はいやしくない。官界と肩をならべて立ち得る生息次元なのだ。そして国家にとって必要欠くべからざる事業なのだ」

ということを立証したい。それにはやはり摑《つか》まるべき大きな木が必要だ。その木を栄一は、

「論語にしよう」

と定めたのである。

第六部

論語とソロバン

日本金融の曙《あけぼの》

第一国立銀行を設立した後、栄一は株主を募集した。その広告文に、

「夫《そ》れ銀行は猶《な》お洪河《こうが》の如し。其効用得て際限すべからず。然れ共其資金之未タ銀行へ集合せざるや、啻に溝澗点滴之水に異ならず。或ハ巨商豪農之窖中に埋蔵し、或は傭夫老媼之襟裡に潜伏し、利人富国之能力を有するも寂として其功験あるを見ず。万里流行之効あるも、僅に埠丘に障碍せられ、更に寸歩を進む能はず。然り而して一度銀行を創立し、其制宜に適し能く其疎通之要路を開析せば、彼窖中襟裡にあるもの悉く迸出し、相集まりて至大至洪之資金となり、貿易之に由て繁盛し、産物之に由て滋殖し、工業之に由て精妙を致し、学術之に由て蘊奥を極め、道路之に由て利便を達し、而して闔国の景状之が為に其観を改め、以て人智を開き国益を増し、生民日用行事之間須臾も欠く可からざるの要具といふべし。(後略)」

と書いた。漢文調である。読みやすく直すと次のようになる。

「銀行は大きな川のようなものです。人間の生活に役に立つこと限りがありません。銀行に集まってこない金は溝《みぞ》にたまっている水や、ポタポタ垂《た》れているシズクと変わりはありません。その金は、ときには巨商豪農の倉の中に隠れていたり、あ

るいは労働者やお婆さんの懐《ふところ》にひそんでいたりします。あるいは家庭のタンスの中にひそんでいるでしょう。これではせっかく人を利し、国を富ませる能力があってもその効果があらわれません。川に万里を流れるいきおいがあっても、土手や岡にさまたげられて進むことができないのと同じです。しかし銀行を立てて巧《たく》みに流れ道を開けば倉や懐にあった金がより集まって、多額の資金となりますから、これによって貿易も繁盛しますし産物も増えます。工業も発達するし学術も進歩します。道路も便利になりすべて国の状態は趣《おもむき》を変えます」

こういうことをいった。したがってかれの銀行設立の目的はパリで考えていたときのように、

「合本主義は多くの人びとが金を出し合って公共事業をおこなうことだ」

という精神がはっきりと据えられている。

栄一はまだ大蔵省にいた明治五年（一八七二）の十月に、横浜東洋銀行にいたイギリス人の書記アラン・シャンドを紙幣頭《かみ》附属の書記官に採用した。お雇い外国人である。シャンドは『銀行簿記精法』という本を書いた。この中でシャンドはイングランド銀行の重役ギルバードのことばを引用した。いってみれば、

「銀行業者の心得集」

である。次のようなものだ。

一　銀行業者は、丁寧でしかも滞りなく事務をおこなわなければならない
二　銀行業者は、政治の状況を詳しく知り、しかも政治に立ち入ってはならない
三　銀行業者は、その貸し付けたる資金の使途を知るだけの知識を持たなければならない
四　銀行業者は、貸し付けを謝絶しても相手が憤激しないような親切心と雅量を持つべきである

いまでもそのまま当てはまる『銀行員の心得』といっていい。

こうして、

「ソロバンと論語の一致」

を目的とする、第一国立銀行の業務は開始された。栄一は、銀行設立当時は総監役を務めたが、やがて明治八年（一八七五）一月に、初代の頭取に選任された。

以後、栄一の日本財界建設と、それに対する貢献の歴史は次のようになる。

日本に最初の国立銀行をつくったのはたしかに渋沢栄一だったが、これはかならずしも栄一だけの功績によるものではない。やはり、

「資金の出し手」

がいなければ、銀行も設立できない。

江戸時代の金融機関は、両替商、蔵元《くらもと》、掛屋《かけや》、札差《ふださし》などがこれに携わっていた。維新後これらの機関が全国主要都市で、為替会社、通商会社などに性格を変えたがかならずしもうまくいかなかった。数年でいずれも失敗してしまった。そこで、江戸時代から金融業に携わっていた小野組から、

「日新開化之御時勢に不可欠者バンクの枢要たる事今更奉申上候迄も無之」

という、

「銀行設立の請願書」

が出された。三井組その他からも同じような請願が出た。そこで、新政府は為替会社の失敗を繰り返さないために渋沢栄一が主張していた条例をつくったのである。当時はまだ議会がないから、太政官《だじょうかん》が許可すれば法律はそのまま有効だった。明治二年（一八六九）五月に布告を出して、

「政府の紙幣は明治五年を期限として必ず全部金貨と交換する」

とその兌換《だかん》制を布告した。

明治三年（一八七〇）十月に、大蔵少輔《しょうゆう》伊藤博文はアメリカに渡った。そして銀行制度、貨幣制度、公債銀行制度などの調査をおこなった。結果、伊藤は、

「日本の金融制度においては、金本位を制度として確立する。そして金札引換公債

証書を発行する。この金札発行には、紙幣発行会社を設立する」

と結論づけた。吉田清成《よしだきよなり》は、

「イギリスのゴールド・バンクの制度を日本に導入すべきだ」

と主張したが、伊藤は押し切った。そしてこのころまだ政府に身をおいていた渋沢栄一と芳川顕正《よしかわあきまさ》に命じて、

「銀行条例編纂」

を命じたのである。渋沢と芳川は、かならずしも伊藤から送られてきた「アメリカ紙幣条例」をそのまま新しい制度に鵜呑《うの》みにとり入れたわけではなかった。ふたりはヨーロッパ諸国の貨幣法も参考にした。さらに、

「日本の国情の特性を加味すべきだ」

として、「国立銀行条例」を立案したのである。これを脱稿したのが明治五年六月のことであった。太政官はただちに裁可した。この年十一月十五日にこの条例は全国に布告された。銀行の名は、前に書いたように渋沢栄一が「ナショナル・バンク」を略して「国立銀行」としたものである。国立銀行といってもいまの日本銀行のような存在ではない。

「国の発布した条例に基づく私立銀行」

のことである。したがって、資金を出資してくれる企業がなければ開業できな

い。そこで渋沢たちは、この銀行の設立を切実に望んでいた小野組や三井組に働きかけた。かれらに発起人となってもらい、前に掲げた、

「第一国立銀行株主募《つの》り方《かた》布告《ふこく》」

というパンフレットをつくり、

「一日も早く、新しい銀行に資金を提供してもらいたい」

ということを呼びかけた。

第一国立銀行の建物は、三井組が為替座《かわせざ》として建築した海運橋兜町《かいうんばしかぶとちょう》の建物を本店にした。すぐ大阪と神戸に支店を設けた。業務は、銀行紙幣の発行と一般業務のほかに、大蔵省から租税その他の官金出納事務を委託された。やがて、駅逓寮（総務省）、内務省の官金出納事務も委託された。さらに金札引換公債証書の交換事務、各種政府紙幣や兌換証券の破損したものの整理、新旧公債証書の買入など次々と仕事を増やしていった。一般の銀行業務としては、預金、貸し付け、公債や地金銀の買入、為替取組などの営業をはじめた。定期預金の証書、当座預金通帳、為替手形、預金手形、当座預かり金の約則、物品抵当貸し付け金の略則、当座貸越借用金根証文などの制度も定めた。荷為替取扱規則も制定した。明治八年五月には、長崎の立誠会社《りっせいがいしゃ》と甲府の興益社《こうえきしゃ》とコレスポンデンス（金融機関同士の業務代行取引）の契約を結んだ。いまなら、こんな業務はなんの不思議もないがこの当時はすべて人

びとの目をみはらせるものであり、そのなかでもコレスポンデンスの約定は、第一国立銀行発展に大いに寄与した。

栄一にとっての最大の危機

しかし、いいことばかりではなかった。明治七年二月に起こった佐賀の乱、そして四月の征台《せいたい》の役と戦乱がつづいて起こった。これに連年の凶作が加わった。そのため、米の値がいっぺんに騰貴《とうき》した。米の値が上がればほかの物価も上がる。大都市に住む商工業者がとくに苦しんだ。金貨が価格騰貴したために、兌換希望者が続出した。一種の取付けさわぎが起こってきた。第一国立銀行もこの中に巻き込まれ、しだいに紙幣の発行高を縮小せざるを得なかった。

さらに、このとき強力な出資者であった小野組が破綻した。小野組は、三井組や島田組とともに、政府の為替方を務めていた。租税の送納も務めていたが、当時のことなのでその扱いは割合に大ざっぱだった。ということは、預かった租税を自企業の資金として運用することも黙認されていたのである。そのために、しだいに政府に納めなければいけない資金が不足しはじめた。警戒した政府は、明治七年二月に、これらの出資者に、

「取扱金額の三分の一を担保として提出すること」

と命じた。十月にはさらにこの制度をきびしくし、

「担保金額は預け金額と同額とし、担保提出期限を十二月二十五日とする」

と厳達した。かろうじて三井組は応ずることができたが、島田組と小野組は完全に資金調達に苦しんで、十一月に小野組が破綻し、次いで島田組も破産した。

当時総監役の名の下に実質的に第一銀行の運営の総責任者を務めていた渋沢栄一にとって、最大の危機が訪れた。栄一はなぜこうなったかをつぶさに分析した。このころはすでに第一銀行のほかに、横浜第二、新潟第四、鹿児島第五の三国立銀行が営業を開始していたが、同じような危機に襲われた。栄一は、

「結局は、いまの兌換制度に問題がある」

と判断した。つまり、発行した紙幣を必ず金貨に換えるということに無理があるのだ。そこで栄一は、

「銀行発行の紙幣を正貨（金）と兌換しつづけると、いたずらに正貨が国外へ流出することをうながすことになる。そこで、今後は、銀行発行の紙幣を政府の発行する紙幣と交換するように改めたい」

と申し入れた。これによって、銀行の発行する紙幣も政府の発行する紙幣も、ともに、

「金貨とは交換しない」

ということになる。伊藤博文がアメリカから持ち込んできた、

「金制度」

をここで思い切って改革しようということであった。

そしてこのとき大蔵省の紙幣頭得能良介との再会になった。得能は、渋沢が大蔵省にいたころ簿記を持ち込んだために怒り狂い、暴力をふるうまでの乱暴をした男だ。薩摩出身で、卿となった大久保利通の威光を借りて、いわば、

「虎の威を借るキツネ」

的な態度を取りつづけた。しかし、このときの得能はすっかり人が変わっていた。渋沢のいうことにきちんと耳を傾けた。得能も大蔵省内にいて、紙幣発行の責任者だから、

「政府発行の紙幣を金貨と換えなければならない」

ということでは悩んでいた。それだけの金貨の保有量がなかったからである。渋沢のさらに、

「銀行発行の紙幣と政府発行の紙幣とが手を携えれば日本の商工業も発展する。つまり金貨の保有量に左右されて、産業の振興が抑制されることはない」

という説に共感した。得能は承知した。話がまとまった後、得能は、

「渋沢さん、いつぞやはすまなかったな」

といった。いつぞやというのは、渋沢が大蔵省にいたときの暴力行為をいったのだろう。栄一はわらった。そして、

「大蔵省にいたころのことは全部忘れましたよ」

といった。得能は苦笑した。

こうして、国立銀行は政府の決断によって救済された。そのため、わずか四行でしかなかった国立銀行が、明治九年から十二年にかけて、それこそ雨後《うご》の筍《たけのこ》のように設立され、しまいには、

「少し国立銀行が乱立し過ぎるのではないか」

と危惧《きぐ》された。政府は国立銀行設立の資本金総額や発行紙幣総額を制限した。そして明治十二年十一月には、京都につくられた第百五十三国立銀行を最後として、

「以後国立銀行の設立を禁止する」

と命じた。

このように、パリでまなんだ合本主義とバンクの構想を日本に導入したのはよかったが、手続き上日本の国情の特性もあって危機にみまわれた。しかし、栄一はよくこれを克服した。

江戸市民からの預かり金

このゴタゴタが起こるころ、栄一は東京府知事に呼び出された。府知事は渋沢の大蔵省時代における労をねぎらった後、

「じつは江戸城が開城したときに、幕府が江戸の市民から預かった金がありましてな」

と切り出した。栄一は、

「は?」

と府知事の顔をみかえした。心の中でハッとするものがあった。

(あるいは?)

という予感がした。その予感が当たった。

府知事はいった。

「渋沢さんはご存じかも知れませんが、旧幕時代に江戸市中に七分積立金というのがありました。これは、寛政の改革時に、老中の松平定信《まつだいらさだのぶ》がいい出して、小石川につくった老人の養生所の運営管理費を、江戸の市中から醵金《きょきん》をしてもらっていたものです。これが積もり積もって、じつはかなりの金額になっております。江戸城

開城のときに、薩摩の西郷さんと江戸城側の勝海舟《かつかいしゅう》さんとの間で、この金はもともと市民が積み立てたものだから、江戸の市民に返そうではないかと話が決まりました。いや、いろいろと新政府も批判を受けておりますが、これは近ごろにない美挙《びきょ》だと思います。ついては、この金の使い方をぜひ渋沢さんに一任したいのです」

「おう、それは」

栄一は、胸の中にゾクゾクするものが湧いてくるのをおぼえた。異常なよろこびである。こんなことを役人からいい出されたことは一度もない。栄一はほほえんで府知事の顔をみかえした。府知事は、

「しかしまったくヒモをつけずにこの金をお渡しするわけにはいかないのです。近々、ロシアから皇太子が東京にみえます。東京はまだ社会事業がいき届かずに、貧民で市中を流浪している者も多々あります。これは日本がいかに遅れているかを自分から告げるようなものなので、一時期これらの人間を一カ所に集めたいと思います。お渡しする金は、ぜひその流民の一時収容所にお使いいただきたいのです」

「……」

栄一は考えた。話をきいてみると動機はあまりよくない。

渋沢栄一は〝七分積立金〟のことをよく知っていた。というのは、かれはいま府知事が口に出した松平定信を尊敬していたからである。松平定信は、江戸の三大改

革といわれる幕政改革の中で「寛政の改革」を主導した。

定信は、御三卿《ごさんきょう》のひとつである田安《たやす》家の生まれだった。子供のときから英明を誇っていた。人びとは、

「田安定信さまは、いずれは将軍におなりになるだろう」

と噂した。これを恐れたのが、当時の老中だった田沼意次《たぬまおきつぐ》と、御三卿のもうひとつの家の当主である一橋治済《ひとつばしはるさだ》であった。ふたりは悪計をめぐらし英明の噂の高い田安定信を、奥州白河《しらかわ》藩松平家の養子に押し込んでしまった。大名の家に押し込んでしまえば、二度と将軍になる芽はなくなるからである。

そして一橋治済の子家斉《いえなり》がその後将軍になった。一橋治済は将軍の生父になる。これがのちに問題を起こす。

こうして腹の黒い政治家ふたりによって将軍への道を絶たれた定信は、しかし白河にいったのちに善政をおこなった。いまでいう「敬老の日」を最初に日本に設けたのも定信だ。定信は毎月日を決めて城下町の老人たちを白河城中に呼んだ。そして、

「わたしの政治や行政について、遠慮なく意見をいって欲しい」

と告げた。身体が悪くても、どうしても城にいって殿さまに話をしたいという老人の家には駕籠《かご》をさし向けた。足の悪い老人には、

「たとえ城中でも杖をついて歩いてよい」

といった。これが評判になって、

「今度のお殿さまはじつに年寄りに温かい」

という評判が立った。定信はさらに、新田を開発するために領内の湿地帯や大きな沼に目をつけた。沼を灌漑《かんがい》用水に使い、同時に住民の楽しめる公園をつくろうと考えた。そしてこれに参加する労働者に対しては賃金を支払った。現在でいう失業対策事業である。こうしてできたのが南湖《なんこ》公園だ。領民たちがいまでいえばレクリエーション地として家族ぐるみで楽しみ、同時に池はそのまま灌漑用水として使われるという一石二鳥の方法であった。これも定信の評判を高めた。定信はやがて、

「名君」

と呼ばれるようになった。かれを追った田沼意次はやがてその汚れた政治に嫌気のさした民《たみ》が、

田や沼や　汚れた御代をあらためて
清く澄ませ白河の水

と、暗に汚職政治家田沼意次を汚れた田や沼にたとえ、清潔な政治をおこなう松

平定信をせせらぎの水にたとえた。衆望を担って松平定信は老中主座に就任した。そして展開したのが寛政の改革である。江戸城に入ってすぐ定信がおこなったのは、

「学問吟味《がくもんぎんみ》」

である。これは江戸城の役人たちに対し再試験をおこなったことだ。定信にすれば、

「江戸城中でふんぞりかえっている役人どもが、はたして民のための政治がおこなえる知識や技術を持っているのかどうか、もう一度確かめる」

ということである。現在なら、「キャリア」といわれるエリート公務員に対し、もう一度試験をやり直したということだろう。これは江戸城内に大恐慌を起こした。定信は、

「三味線を握った手を竹刀《しない》に持ち換えろ。艶本《えんぽん》ばかり読んでいずに少しは孔子や孟《もう》子《し》の文章を読め」

と文武の道を奨励した。そのために江戸城内では、

世の中に　か(蚊)ほどうるさきものはなし
ブンブブンブと夜も寝られず

というような落首《らくしゅ》まで詠《よ》まれた。しかし定信は容赦しなかった。かれは民政面でも温かい施策をとった。

軽犯罪者を集め、収監中に手に職をつけさせた。

「社会復帰したときに、身につけた技術で生活ができるように」

という趣旨である。この軽犯罪者たちを集めた収容所を〝人足寄場《にんそくよせば》〟といった。

このへんも定信の心配りの賜物《たまもの》である。本来なら、

「科人《とがにん》寄場」あるいは「罪人寄場」と呼ぶような施設をかれは、

「心ならずも罪を犯した者もいる。社会復帰を妨げてはならない」

ということで〝人足寄場〟と命名したのである。

かれの祖父は享保の改革を展開した八代将軍徳川吉宗だ。吉宗の時代に設けられた「目安箱」に投じられた提案によって、小石川養生所という老人の福祉施設が設けられた。しかし、度重なる財政難で時折この養生所の運営に齟齬《そご》をきたしていた。定信は、

「世の中が不況な時代こそ、貧しい老人を大切にしなければならない」

と考えていたから、この小石川養生所をより整備拡充したいと願った。しかし金がない。そこでかれは思いついて、江戸市中の町会に呼びかけた。

「町会の年費用を少し節約して欲しい。そして節約額の七分（七〇パーセント）を小石川養生所の運営費に醵金《きょきん》して欲しい」

と告げた。江戸の町々はよろこんでこれに協力した。それが積もり積もって幕末にいたったのである。東京府知事はいま、その金を渋沢栄一に渡して、

「来日するロシア皇太子の目につかないように、江戸市内の放浪者たちを一カ所に収容して欲しい。その収容所の建設資金に使って欲しい」

というのである。

栄一の「論語」の実践

栄一は府知事にきいた。

「七分積立金はどのくらいの額に達しておりますか？」

「数十万両です」

「ほう、そんなにたくさん残っておりましたか」

「そうです」

「しかし、その金を市民に還元しようという新政府と東京府の態度は、じつに立派ですな」

「恐縮です。わたくしもこれは嫌われている新政府の江戸市民に対する奉仕のひとつだと思っております」

「ご趣意はよくわかりました。府知事閣下」

栄一は目をあげた。

「はい」

「江戸の市中の放浪者を収容する施設建設には、そんなに金はかからないと思いますが」

「そこです」

府知事は乗り出した。

「わたしが東京府知事としていろいろやりたいことがあります。が、政治というのはなかなか思うとおりにまいりません。藩閥のからみもあります。そこであなたにお願いしたいのは、単に放浪者の収容施設だけではなく、この際思い切って東京の遅れている基盤整備をおこなっていただきたいということです。たとえば上水道や道路の整備、埋立地の整備などです」

府知事の話をきいた栄一はニッコリわらった。大きくうなずいた。

「わかりました。ぜひやらせていただきます」

こうして、市中の整備をおこなう「共有金取締」という役目を負わされた。共有

金というのは、

「江戸市民の共有金であった七分積立金」

のことで、これを改めて、

「東京府民のための共有金」

ということにしたのである。栄一はこの金を主として、小石川養生所の拡充整備に使った。小石川養生所はすでに「東京府立養育院」と改められていた。現在の東京都立養育院である。前に書いたように、初代の院長には渋沢栄一がその任に就いた。九十二歳で死ぬまでかれがこの肩書きを離さなかった話は有名だ。そしてことあるたびに、栄一は松平定信の話を伝えた。定信の命日の日には、必ず手を合わせて尊敬する先人の冥福を祈った。

これもまた、

「論語とソロバンの一致」

というかれの心情のあらわれである。ソロバンのほうでは、国立銀行の混乱で一時悩んだもののどうにかこれを突破した。

人の道を尊ぶ論語をいまの世に実現するために、江戸時代からつづいてきた小石川養生所を養育院と名称を変えて、その整備拡充をはかることはそのまま、

「論語の実践」

であった。

もうひとつかれがずっと気にかけていたのが、

「優秀な人材は全部政府が吸収してしまうので、民間には劣った者しか残らない」

という現象である。かれは前々から、

「有能な民間実業人を養成するための研修機関がいる」

と考えていた。明治八年（一八七五）一月にかれは第一国立銀行の頭取に互選された。その年四月に東京会議所の委員に推薦された。日本有数の教育者であった森《もり》有礼《ありのり》に全面的な指導を受け、

「有能な実業人を養成する」

ということを目標にして、かれは八月に念願の、

「商法講習所」

を設立する。

明治九年（一八七六）一月には、東京会議所会頭に選挙された。

以後かれの活躍は、
・ソロバン（すなわち日本財界）活動
・論語（主として社会事業）活動
・有能な実業人の養成（商法講習所を拠点とする）活動

の三本立てですすめられていく。

「経済人」栄一の評価

この三つの行動パターンを、少しかけ足で年表ふうにまとめてみる。

○ソロバンの実践
明治十三年（一八八〇）八月　東京銀行集会所の創立委員長
明治十六年（一八八三）十月　東京商工会会頭に選挙される
明治二十年（一八八七）十二月　東京手形交換所創立委員
明治二十四年（一八九一）八月　東京商業会議所会頭
明治二十六年（一八九三）十一月　貨幣制度調査会委員
明治二十九年（一八九六）二月　東京銀行集会所委員長
同年九月　第一銀行新発足　引き続き頭取
明治四十二年（一九〇九）六月　東京瓦斯会社その他五十九会社よりすべて隠退
大正元年（一九一二）八月　日仏銀行相談役
大正四年（一九一五）十月　米価調節調査会副会長

大正七年（一九一八）九月　臨時国民経済調査会委員
昭和三年（一九二八）六月　万国工業会議名誉副会長

○論語の実践
明治四十一年（一九〇八）十月　中央慈善協会会長
明治四十二年（一九〇九）十月　癌研究所副総裁
明治四十四年（一九一一）十二月　国際平和義会日本支部会頭
明治四十五年（一九一二）二月　日露協会評議員
同年六月　消防議会会長
大正二年（一九一三）二月　日本結核予防協会副会長
同年六月　教育調査会委員
大正五年（一九一六）十月　理化学研究所創立委員長
大正九年（一九二〇）四月　国際連盟協会会長
大正十二年（一九二三）九月　大震災善後会副会長、帝都復興審議会委員
大正十三年（一九二四）三月　東京女学館館長、日仏会館理事長
昭和二年（一九二七）二月　日本国際児童親善会会長
昭和三年（一九二八）一月　少年団日本連盟顧問

同年九月　交通協会相談役
昭和四年（一九二九）十一月　中央盲人福祉協会会長
昭和六年（一九三一）一月　癩《らい》予防協会会頭

○実業人の養成など
明治十七年（一八八四）三月　商法講習所を東京商業学校と改称
明治二十九年（一八九六）六月　農商工高等会議議長

○その他
明治三十二年（一八九九）一月　衆議院議員選挙法改正期成同盟会会長
明治三十四年（一九〇一）一月　第五回内国勧業博覧会評議員
同年十二月　帝国教育会名誉会員
明治四十四年（一九一一）五月　維新史料編纂会委員
大正十四年（一九二五）五月　日本無線電信会社設立委員長
大正十五年（一九二六）二月　講道館後援会評議員
同年八月　日本放送協会顧問

　ここにならべたのは、栄一がいわゆる「会長あるいは副会長」的役割を務めた組織の分だけである。ほかにも栄一は、個人的に一千ちかい会社の役員や、社会事業団体の責任者を務めている。しかし、あまりにも多いので割愛《かつあい》する。

　しかし栄一にすれば、自分の尊敬する松平定信を模範としていた関係から、おそらく定信の事績をみていて、

「松平定信公も論語とソロバンを一致させていた」

と考えたにちがいない。つまり当時の大名家（藩）というのは、現在でいえば、

「十割自治をおこなわなければならない地方自治体」

のような性格をおびている。つまり、

「自前の政策形成をおこない、その形成した政策を自前の財源調達によっておこなう」

ということだ。どんなに金に困ろうと、徳川幕府はいまでいう地方交付税や補助金など一銭も出してくれない。必要な金はすべて自分の知恵と才覚によって生まなければならない。その意味では大名も商人的感覚を持ち、そのひきいる藩も商事会社のような性格に変わらざるを得ない。いきおい、武士も、

『武士は食わねど高楊枝《たかようじ》』

などとうそぶいてはいられない。まさに商人のような感覚を持って仕事をしなけ

ればならない。しかし、そういう行動を取っても大名の場合には、

「名君」

と呼ばれる。名君というのは栄一のみるところ、決して人格が高邁でそのおこないが正しかったということだけをいうわけではない。むしろ、

「疲弊した藩の財政を見事に立て直した」

という功績のほうが大きい。松平定信も同じであった。

「しかし」

同じことをやっても根本的にちがうのは、渋沢栄一にしてみれば、

「社会の評価」

である。つまり松平定信は名君といわれるが、同じようなことをやっても渋沢栄一は名君とは呼ばれない。やはり経済人であるために、どこかうさん臭く思われ、政治家とは別な評価次元に立たされる。栄一にすれば、

「これもいまだに士農工商の身分制が、日本人の頭の中に観念として残っているからだ」

と苛立《いらだ》たしく思ったことだろう。

帰りなん、いざ

しかしそれはそれとして、こういう略歴を辿《たど》ってみると、栄一自身が口でいっただけではなく、

「ソロバンと論語の一致」

を、多方面にわたって実践していたことがよくわかる。パリで発見した、

「多くの人びとが、金を出し合って公共事業をおこなう」

という、いってみれば、

「合本主義の初心・原点」

を、かれは完全に守り抜いたのである。もちろん、ソロバン勘定はきれいごとだけではいかない。当然それには、政治力がものをいう。ときには、おのが身を汚したこともあっただろう。しかし、たとえそういうことがあったとしても、渋沢栄一には、

「自分には、公共のためという目的がある」

という信念があり、それが、かれを支え抜いた。とくに、老人と子供と弱い立場にある人への同情は、かれに多くの福祉施設をつくらせた。かれが死ぬ日まで、

「この肩書きだけは、絶対に失いたくない」

といい続けたのが、『養育院長』の名である。

渋沢栄一は、晩年直腸癌を患った。手術は成功したが、その後の回復は思わしくなかった。かれは死の直前に、よく、

「陶淵明《とうえんめい》の帰去来辞《ききょらいのじ》」

を口ずさんだという。有名な、

「帰りなん、いざ」

という詩だ。栄一はいったいどこへ帰るつもりだったのだろう。見舞客にこんな話をしていたという。

「私は帝国臣民として、東京市民として、及ばずながら、誠心誠意御奉公して参りました。（中略）今度は到底再起がむずかしく思われます。これは病気が悪いので、私が悪いのではありませんよ。たとえ私は死にましても、魂はみなさまの御事業を守護いたします。どうか邦家《ほうか》のため御尽力下さい。そして私をお位牌に祭り上げて、他人行儀になさらないようお願いいたします」

ユーモアを含んだことばだが、かれの貫《つらぬ》いてきた志がそのまま表現されている。これが、日本財界に対する訣別の辞になったという。

昭和六年（一九三一）十一月十一日午前一時五十分に、栄一は死んだ。十一月十

四日に、弔問の勅使と、皇后宮と皇太后宮のお使いが栄一の屋敷を訪れた。天皇陛下から次のような『御沙汰書《おさたがき》』をたまわった。

「高ク志シテ朝《ちょう》ニ立チ、遠ク慮《おもんばか》リテ野《や》ニ下リ、経済ニハ規画《きかく》最モ先ンジ、社会ニハ施設極《きわ》メテ多ク、教化ノ振興ニ資シ、国際ノ親善ニ努ム、畢生《ひっせい》ニ奉ジ、一貫誠《いっかんまこと》ヲ推《お》ス。洵《まこと》ニ経済界ノ泰斗《たいと》ニシテ、朝野《ちょうや》ノ重望ヲ負《お》ヒ、実ニ社会人ノ儀型ニシテ、内外ノ具瞻《ぐせん》（仰ぎ見ること）ニ膺《あた》レリ。遽《にわ》カニ溘亡《こうぼう》ヲ聞ク。焉《いづくん》ゾ軫悼《しんとう》ニ勝《た》ヘン。宜《よろし》ク使ヲ遣《つか》ハシテ賻《ふ》ヲ賜《たま》ヒ、以《もっ》テ弔慰《ちょうい》スベシ。右御沙汰アラセラレル」

漢文調の短い文章だが、渋沢栄一のやったことをよくいい尽くしている。

渋沢栄一の事蹟を、もっとも対照的な立場から詠んだ歌がある。これは、渋沢秀雄が短歌雑誌『アララギ』の中で発見したものだ。

「渋沢栄一翁の逝去《せいきょ》を悼《いた》む」という前書付きの一首だ。作者の名前は忘れたという。

　資本主義を罪悪視する我なれど
　君が一代《ひとよ》は尊くおもほゆ

国家観・社会観・経済観・人生観などがまったく対立する立場に立つ一青年が、

渋沢栄一だけは別だということでこういう歌を詠んだのだ。栄一の生涯をもっともよくあらわした一首だといっていい。

文庫版のあとがき

最近、古書店で『楽翁公伝』(澁澤榮一著、岩波書店)という本をみつけて買った。昭和十二年の発行だ。楽翁《らくおう》というのは白河藩主で、のちに老中筆頭となり〝寛政の改革〟を断行した松平定信の号である。

かつて東京都庁という地方自治体に勤めた経験をもつわたしは、歴史小説のテーマとして、好んで、

「江戸時代の地方自治と藩政改革(いまでいう行財政改革)」

に関心をもち、これを選んでいる。

定信の祖父は第八代将軍徳川吉宗、〝享保の改革〟を成功させた人物だ。その改革も、吉宗が将軍になる前の紀伊和歌山藩主としておこなった改革の成功例を、そのまま幕政にもちこんだ。いまでいえば、

「地方自治行政のよい例を国政レベルで実行した」

ということだ。孫の定信もおなじだった。定信は白河藩主として、日本ではじめての〝敬老の日〟をつくり、またこれも日本で最初の公立公園(白河市立南湖公園)

をつくった。ふたりの改革理念はヒューマニズムだった。吉宗は江戸城大手門前に「目安箱」を設け、江戸市民の声をきいて施策に反映させた。そのひとつに〝小石川養生所〟がある。小説や映画の〝赤ひげ〟のモデル施設だ。

この施設をさらに強化拡大したのが、定信だ。そして定信はそのために江戸の各町から、町会費を節約してその七十パーセントを拠出する、という〝七分積立金〟を設けた。いわば〝福祉の社会化〟だ。介護保険のハシリといえよう。そして小石川養生所は維新後「東京市立養育院」となり、七分積立金は東京市民に還元された。初代の養育院長は渋沢栄一で、七分積立金の処理も渋沢にゆだねられた。

そのいきさつが『楽翁公伝』の自序にくわしく書いてある。わたしは改めて渋沢のヒューマニズムと、その事業の動機に感動した。渋沢はパリでまなんだ株式と銀行制度を日本に導入した。そして日本最初の銀行である第一国立銀行の頭取になり、行員に、

「銀行はソロバン勘定が仕事だが、人の道を忘れてはならない。論語とソロバンを一致させよ」

と訓示した。これが銀行経営の原点だ。そして同時にそれが渋沢の、

「士魂商才」

なのだ。渋沢にとっての士魂とは、

「民を幸福にすべき責務を負っている者の心がまえ」

のことである。商才とは、

「欧米のすぐれた経済手法」

のことだ。この両立をかれは重んじた。そしてその根底にあったのは、あくまでもヒューマニズムであった。

この作品を文庫化するため、改めて渋沢の伝記を読みなおし、かつての東京都庁職員としてこの〝偉大な大先輩〟を持ったことを、心からうれしく、また誇りに思う。作業の過程ではPHP文庫出版部の犬塚直志さんの、労を惜しまぬ丹念な協力を得た。お礼を申しあげる。

二〇〇四年四月

童門冬二

この作品は、二〇〇〇年二月に祥伝社より刊行された『論語とソロバン』を改題し、加筆・修正したものである。

著者紹介
童門冬二（どうもん　ふゆじ）
本名、太田久行。1927年（昭和２年）、東京生まれ。東京都立大学事務長、東京都広報室課長、広報室長、企画調整局長、政策室長を歴任。1979年（昭和54年）、美濃部都知事の引退とともに都庁を去り、作家活動に専念。在職中に培った人間管理と組織の実学を、歴史と重ね合わせ、小説、ノンフィクションの世界に新境地を拓く。『暗い川が手を叩く』で第43回芥川賞候補。日本文芸家協会ならびに日本推理作家協会会員。1999年（平成11年）、春の叙勲で勲三等瑞宝章を受章。
著書に、『上杉鷹山の経営学』『「本間さま」の経済再生の法則』『人生、義理と人情に勝るものなし』『和魂和才』『男の詩集』『柳生宗矩の人生訓』（以上、ＰＨＰ研究所）など多数。

ＰＨＰ文庫　渋沢栄一 人生意気に感ず
〝士魂商才〟を貫いた明治経済界の巨人

2004年６月18日　第１版第１刷
2021年６月９日　第１版第３刷

著　者　童　門　冬　二
発行者　後　藤　淳　一
発行所　株式会社ＰＨＰ研究所
東京本部　〒135-8137 江東区豊洲5-6-52
PHP文庫出版部　☎03-3520-9617（編集）
普及部　☎03-3520-9630（販売）
京都本部　〒601-8411 京都市南区西九条北ノ内町11
PHP INTERFACE　https://www.php.co.jp/
制作協力
組　版　株式会社PHPエディターズ・グループ
印刷所
製本所　大日本印刷株式会社

ISBN4-569-66207-2

PHPの本

渋沢栄一 巨人の名語録

日本経済を創った90の言葉

本郷陽二 著

なぜ日本を代表する企業を何社も設立できたのか？　渋沢栄一の「人生・仕事の成功哲学」のエッセンスを一冊に集め、伝授。

PHPの本

日本の企業家 1

渋沢栄一

日本近代の扉を開いた財界リーダー

宮本又郎 編著

PHP研究所創設70周年記念出版シリーズ「日本の企業家」1巻。近年の渋沢研究をふまえ、経営史研究の重鎮が論じる新たな「栄一」論!

PHP文庫

たのしく生きたきゃ落語をお聞き

童門冬二 著

江戸時代から語り継がれる落語のなかの若旦那や熊さん、八っつぁんたちは、やっぱり人生の達人だ！　うまい生き方がわかる35席を解説。

PHP文庫

高杉晋作

吉田松陰の志を継いだ稀代の風雲児

童門冬二 著

2015年大河ドラマの主要人物・高杉晋作。吉田松陰の志を継ぎ、旧体制を破壊し、激動の時代を「面白く」生きた稀代の風雲児の生涯！

PHP文庫

西郷隆盛 人を魅きつける力

童門冬二 著

2018年大河ドラマの主人公・西郷隆盛。敵も味方も魅了し、死後百年以上経っても大人物として称えられるのはなぜか。現代人必読の人生訓。

PHPの本

歴史を味方にしよう

童門冬二 著

著名な歴史作家が、なぜ歴史を学ぶのか、その訳と学ぶメリットを解説。また、歴史を頭に入れるためのイモヅル式勉強法も伝授する。

PHPの本

［新版］指導者の帝王学

歴史に学ぶリーダーの条件

山本七平　著

どうすれば人は動くのか？　織田信長、上杉鷹山、孟子などから指導者としての見識や経営の要諦を明かす。山本日本学の名著を復刊。

PHPの本

教養として知っておきたい二宮尊徳

日本的成功哲学の本質は何か

松沢成文　著

渋沢栄一、豊田佐吉、安田善次郎、御木本幸吉、土光敏夫らは皆、尊徳を信奉していた！　日本近代の基盤となった成功哲学の格好の入門書。

PHP文庫

広岡浅子 気高き生涯

明治日本を動かした女性実業家

長尾 剛 著

2015年秋から放送された朝の連続ドラマの主人公のモデルとなり、「明治の女傑」と称された広岡浅子。波乱に満ちたその生涯とは。

PHP文庫

武士道

いま、拠って立つべき〝日本の精神〟

新渡戸稲造 著／岬 龍一郎 訳

サムライのごとく気高く生きよ。未来への不安感と閉塞感が広がる日本。生きる指針と誇りを失った日本人におくる「武士道」の口語新訳。